AF568220

JOSÉ MAURO DE VASCONCELOS

ŞEKER PORTAKALI

Bir Gün Acıyı Keşfeden Küçük Bir Çocuğun Hikâyesi

Can Modern

Şeker Portakalı, José Mauro de Vasconcelos
Portekizce aslından çeviren: Emrah İmre
O meu pé de laranja lima

1. basım: 1983
158. basım: Mart 2026, İstanbul
Bu kitabın 158. baskısı 50 000 adet yapılmıştır.

Dizi editörü: Şirin Etik
Düzelti: Aylin Samancı Elmasdağ, Ebru Aydın
Mizanpaj: Atahan Sıralar

Kapak tasarımı: Utku Lomlu / Lom Creative (www.lom.com.tr)

Baskı ve cilt: MY Matbaacılık Sanayi ve Ticaret Limited Şti.
Maltepe Mah. Yılanlı Ayazma Sokak. No:8 Kat:2
Zeytinburnu, İstanbul
Sertifika No: 47939

ISBN 978-975-07-3860-9

CAN SANAT YAYINLARI
YAPIM VE DAĞITIM TİCARET VE SANAYİ A.Ş.
Maslak Mah., Eski Büyükdere Cad., İz Plaza Giz, No: 9/25, Sarıyer/İstanbul
Telefon: (0212) 252 56 75 / 252 59 88 / 252 59 89 Faks: (0212) 252 72 33
canyayinlari.com
yayinevi@canyayinlari.com
Sertifika No: 43514

JOSÉ MAURO DE VASCONCELOS

ŞEKER PORTAKALI

Bir Gün Acıyı Keşfeden Küçük Bir Çocuğun Hikâyesi

ROMAN

Portekizce aslından çeviren
Emrah İmre

José Mauro de Vasconcelos'un Can Yayınları'ndaki diğer kitapları:

Güneşi Uyandıralım, 1983
Kayığım Rosinha, 1983
Yaban Muzu, 1984
Kardeşim Rüzgâr, Kardeşim Deniz, 1985
Delifişek, 1993
Çıplak Sokak, 1994
Kırmızı Papağan, 1998

JOSÉ MAURO DE VASCONCELOS, 1920'de, Rio de Janeiro'nun Bangu Mahallesi'nde doğdu. Yarı yerli, yarı Portekizli yoksul bir ailenin on bir çocuğundan biriydi. Ailenin yoksulluğu nedeniyle çocukluğunu Brezilya'nın kuzeydoğusundaki Natal kentinde, akrabalarının yanında geçirdi ve okumayı tek başına öğrendi. Resim, hukuk ve felsefe alanında öğrenim görmek istediyse de vazgeçti. Natal'da iki yıl tıp eğitimi aldı. Çeşitli işlerde çalıştı. Boks antrenörlüğü, muz taşıyıcılığı, gece kulübünde garsonluk, ırgatlık, balıkçılık yaptı. Bir süre Kızılderililer arasında yaşadı. 1942'de yazdığı ilk romanı *Yaban Muzu*'yla eşine az rastlanır anlatıcılık yeteneğini ortaya koydu. Ardından *Şeker Portakalı, Güneşi Uyandıralım, Kayığım Rosinha, Kardeşim Rüzgâr Kardeşim Deniz, Delifişek, Çıplak Sokak* gibi romanlarıyla ünü Brezilya sınırlarını aştı. Bugün yapıtları birçok ülkede büyük ilgiyle okunan yazar, 1984'te São Paulo'da öldü.

EMRAH İMRE, 1980'de İstanbul'da doğdu. Auckland Üniversitesi'nde Dilbilim ve Karşılaştırmalı Edebiyat öğrenimi gördü. Portekizce, İspanyolca, İngilizce, Fransızca ve Katalancadan çeviriler yaptı. Can Yayınları'nda on iki yılı aşkın bir süre editörlük yapan Emrah İmre, José Saramago, Gabriel García Márquez, Luisa Valenzuela, Jorge Luis Borges, José Mauro de Vasconcelos, Mario Vargas Llosa, Carlos Fuentes, Virginia Woolf, Luis Sepúlveda, Tina Vallès, Fernando Pessoa, Samanta Schweblin, César Aira gibi yazarların eserlerini Türkçeye çevirdi.

Mercedes Cruañes Rinaldi
Erich Gemeinder
Francisco Marins
ve hatta
Helene Rudge Miller (Piu-Piu!)
ve unutmadan
Sevgili "oğlum"
Fernando Seplinsky'ye

*

Asla ölmeyen
Ciccillo Matarazzo
Arnaldo Magalhães de Giacomo'ya

*

Hasretle andığım kardeşim Luís'e,
yani Kral Luís'e ve ablam Glória'ya;
Luís yaşamaktan yirmi yaşında vazgeçti, Glória ise yirmi dördünde hayatın yaşamaya değmediğine karar verdi. Altı yaşımdayken bana şefkatin anlamını öğreten Manuel Valadares'i de aynı şekilde hasretle anıyorum...
Hepsi huzur içinde yatsın!
Ayrıca bir de
Dorival Lourenço da Silva
(Dodô, ne hüzün öldürür insanı ne de hasret!..)

Birinci Kısım

Noel'de bazen Bebek Şeytan doğar

Birinci Bölüm

Hayatın kâşifi

Sokakta el ele geziniyorduk, hiç acelemiz yoktu. Totoca bana yaşamı öğretmekteydi. Bense halimden gayet memnundum, çünkü abim elimden tutmuş bana hayatı öğretmekteydi. Ama evin dışında öğretiyordu. Çünkü evdeyken her şeyi yalnız başıma öğrenip yalnız başıma yapar, böyle olunca da hep hata yaparak sonunda şamarı yerdim. Kısa bir süre öncesine kadar kimse bana vurmazdı. Derken yaptıklarımı keşfettiler ve benim itin teki olduğumu, şeytandan farkım olmadığını, rengi bozuk olduğumu söyler oldular. Hiç umurumda değildi. O sırada sokakta olmasaydım şarkı söylemeye bile başlayabilirdim. Şarkı söylemek güzeldi. Totoca şarkı söylemenin ötesinde, ıslık çalmayı bilirdi. Bense onu ne kadar taklit etmeye uğraşsam da hiç ses çıkaramazdım. Totoca üzülmeyeyim diye bunun normal olduğunu, ağzımın henüz ıslık çalacak kadar gelişmediğini söylerdi. Ben de yüksek sesle şarkı söyleyemediğim için içimden söylerdim. Tuhaf bir şeydi ama yaptıkça daha fazla hoşuma gidiyordu. Annemin ben küçücük bir bebekken söylediği bir şarkıyı hatırlıyordum. Güneşten korunmak için başına bir bez bağlayıp çamaşır teknesinin başına geçerdi. Beline bir önlük bağlar, saatler boyunca çamaşırları köpürte köpürte çitilerdi. Sonra yıkadıklarını sıkıp çamaşır ipine götürürdü. Hepsini bambuların arasına gerili ipe dizerdi. Bütün çamaşırlar aynı muameleden geçerdi. Evin bütçesine katkıda bulunmak için Dr. Faulhaber'in evinden gelen çamaşırları da o yıkardı. Annem uzun boylu, sıska ama çok güzel bir kadındı. Koyu yanık tenli, dümdüz kara saçlıydı. Saçları açıkken beline kadar inerdi. En sevdiğim yanıysa şarkı söylemesiydi, ne zaman söylese öğrenmek için yanına sokulurdum.

Denizci, denizci,
Kalpsiz denizcim benim ah,
Senin yüzünden denizci,
İneceğim mezara...

Dalgalar vuruyordu
Kumlarda köpürüyordu
Gitti uzaklara denizci
Nasıl da severdim onu ah...

Denizcinin sevgisi
Yarım saat sürer
Demir alınca gemi
Denizci yoluna gider...

Dalgalar vuruyordu...

Bu şarkıyı her duyduğumda sebebini çözemediğim bir hüzne kapılırdım.

Totoca'nın elimi sertçe çekmesiyle kendime geldim.

"N'oldu, Zezé?"

"Hiç. Şarkı söylüyordum."

"Şarkı mı?"

"Evet."

"Demek ki kulaklarım sağır olmuş."

Acaba insanın içinden de şarkı söyleyebildiğini bilmiyor olabilir miydi? Sesimi çıkarmadım. Bilmiyorsa benden öğrenecek değildi.

Rio-São Paulo Otoyolu'nun kıyısına gelmiştik. Oradan her türlü araç geçerdi: kamyonlar, otomobiller, at arabaları, bisikletler...

"Bak, Zezé, bu kısım önemli. Geçmeden önce iyice bakmamız lazım. Önce bir yana, sonra öbür yana. Ve şimdi!"

Koşarak otoyolun karşı tarafına geçtik.

"Korktun mu?"

Korkmuştum korkmasına, ama başımı hayır anlamında salladım.

"Yeniden beraber geçeceğiz. Sonra da öğrenmiş misin görmek istiyorum."

Tekrar karşıya geçerek başladığımız yere döndük.

"Şimdi yalnız başına geçeceksin. Hiç korkma, çünkü küçük olsan da yakında adam olacaksın."

Kalbim gümbürdemeye başladı.

"Şimdi. Hadi!"

Bir solukta ileri atıldım. Karşıya geçip biraz bekledim ve Totoca dönmemi işaret etti.

"İlk sefer için çok başarılıydın. Ama bir şeyi unuttun. Geçmeden önce araba geliyor mu diye iki tarafa da bakmalısın. Ben her seferinde sana işaret vermek için yanında olmayacağım. Dönüşte biraz daha tekrarlarız. Şimdi gidelim, sana göstereceğim bir şey var."

Elimi kavradı ve yavaş adımlarla yeniden yola koyulduk. Daha önceden duyduğum bir ifade zihnimde dönüp duruyordu.

"Totoca."

"Ne var?"

"Aklımız erince, erdiğini hisseder miyiz?"

"Ne saçmalıyorsun be?"

"Edmundo Dayım öyle dedi. Aklımın her şeye çabuk ereceğini, tam bir 'akıl küpü' olduğumu söyledi. Ama ben hiçbir şey hissetmiyorum."

"Edmundo Dayı sersemin teki. Kafanı bir sürü zırvayla dolduruyor."

"Hiç de sersem değil. Çok bilgili. Ben de büyüyünce bilgili olmak, şair olmak ve papyon takmak istiyorum. Bir gün papyonlu bir resim çektireceğim."

"Neden papyon?"

"Çünkü papyonsuz şair olmaz. Edmundo Dayı'nın bana gösterdiği dergilerdeki şairlerin hepsi papyonlu."

"Zezé, onun söylediği her şeye inanmayı bırak artık. Edmundo Dayı biraz tırlaktır. Biraz da yalancıdır."

"O... çocuğu mudur yani?"

"Küfrede ede yediğin dayakları unuttun galiba; Edmundo Dayı o dediğinden değil. Ben tırlak dedim. Biraz delidir yani."

"Yalancıdır da dedin."

"İkisi alakasız şeyler."

"Bal gibi de alakalı. Geçen gün babam Severino Efendi'yle konuşuyordu, hani beraber kâğıt oynadığı adam, işte ona Labonne Efendi'den bahsederken, 'O... çocuğu ihtiyar, deli gibi yalan söylüyor,' dedi. Ama kimse ağzına tokadı yapıştırmadı."

"Büyükler söyleyebilir, zararı yok."

Bir an sustuk.

"Edmundo Dayı o dediğinden değil... Tırlak ne demekti, Totoca?"

Parmağını şakağına götürüp makara gibi çevirdi.

"Hiç de değil. O iyi kalpli biri, bana bir sürü şey öğretiyor, hem bugüne kadar bana sadece bir kez vurdu, onda da çok sert vurmadı."

Totoca bunu duyunca sıçradı.

"Sana vurdu mu? Ne zaman?"

"Bir gün çok azgınlık ettiğimde Glória beni Dindinha'nın evine yolladı. Dayım oradaydı, gazetesini okumak istiyor ama gözlüğünü bir türlü bulamıyordu. Aradı durdu, bulamadıkça öfkelendi. Dindinha'ya sordu, ama o da bulamadı. İkisi beraber evin altını üstüne getirdiler. Sonra ben gözlüğün yerini bildiğimi, misket almam için biraz bozukluk verirse gösterebileceğimi söyledim. Askıdaki yeleğinin cebinden birkaç bozukluk çıkardı. 'Gidip getirirsen vereceğim,' dedi. Kirli çamaşır sepetine gidip gözlüğünü çıkardım. Dayım bunu görünce küfrü bastı. 'Demek sen sakladın, vay hergele!' Kıçıma şaplağı indirdi ve verdiği bozukluğu geri aldı."

Totoca güldü.

"Evde dayak yememek için oraya gidiyorsun, orada da dayak yiyorsun. Biraz acele edelim, bu gidişle akşama kadar varamayacağız."

Ben Edmundo Dayımı düşünmeyi sürdürdüm.

"Totoca, çocuklar emekli midir?"

"Ne?"

"Edmundo Dayı hiçbir şey yapmadan para kazanıyor. Çalışmasa da belediye ona her ay para ödüyor."

"N'olmuş yani?"

"Çocuklar da hiçbir şey yapmazlar, bütün gün yiyip uyur, üstüne bir de anne babalarından para alırlar."

"Emeklinin anlamı başka, Zezé. Emekli, geçmişte çok fazla çalışmış, saçları ağarmış ve Edmundo Dayı gibi ağır aksak yürüyen kişilere denir. Hadi artık, zor şeylere kafa yormayı bırakalım. Çok istiyorsan buyur git, ondan öğren. Ama bana bunlarla gelme. Öbür çocuklar gibi ol. Küfür bile edebilirsin, ama kafacığını böyle zor şeylerle doldurmayı bırak. Yoksa bir daha seninle sokağa çıkmam."

Biraz somurttum, konuşma isteğim sönmüştü. Şarkı söyleyesim de kalmamıştı. İçimde şakıyan kuş uzaklara uçmuştu.

Durduk ve Totoca bir evi işaret etti.

"Şurası. Beğendin mi?"

Alelade bir evdi. Duvarları beyaz, pencereleri maviydi. Her tarafı kapalı, suspus duruyordu.

"Beğendim. Ama niye buraya taşınmamız gerekiyor?"

"Sürekli taşınmak iyidir."

Bahçe çitinin ardından bakınca bir tarafta bir mango ağacı, öbür taraftaysa bir demirhindi ağacı görünüyordu.

"Güya her şeyi öğrenmek istiyorsun ama evde yaşanan dramı ruhun bile duymuyor. Babam işsiz, değil mi? Altı ay önce Mr. Scottfield'le dalaşınca işten kovuldu. Lalá'nın fabrikada çalışmaya başladığını fark etmedin mi? Annemin İngiliz Değirmeni'nde çalışmak için her gün şehre gittiğini bilmiyor musun? Anlasana sersem. Bütün bunlar para biriktirip bu yeni evin kirasını ödeyebilmek için. Öbür evin kirasını babam tam sekiz aydır ödemedi. Sen böyle üzücü konuları anlayamayacak kadar küçüksün. Ama ev bütçesine katkıda bulunmak için benim de ayinlerde yardımcılık ederek çalışmam gerekecek."

Sustu ve öylece durdu.

"Totoca, kara panterle iki dişi aslanı da buraya getirecekler mi?"

"Getirecekler tabii. Kümesi sökme işi köleniz olan bendenize düşecek."

Yüzünde şefkatle acıma arası bir ifadeyle bana baktı.

"Hayvanat bahçesini söküp buraya kurma işi de bana düşecek," dedi.

Bunu duyunca rahatladım. Çünkü dediği gibi olmasaydı küçük kardeşim Luís'le oynamak için başka bir oyun uydurmam gerekecekti.

"Gördün işte, Zezé, ben senin dostunum. Artık bana o bahsettiğin şeyi nasıl öğrendiğini anlatabilirsin..."

"Yemin ederim bilmiyorum, Totoca. Sahiden bilmiyorum."

"Yalan söylüyorsun. Birinden öğrenmiş olmalısın."

"Kimseden öğrenmedim. Kimse bana öğretmedi. Jandira'nın dediği gibi şeytan vaftiz babamsa ve uykumda o öğrettiyse bilemem."

Totoca'nın kafası karışmıştı. İlk başta anlatayım diye kafama birkaç kez çakmıştı. Halbuki ben anlatmamı istediği şeyin ne olduğunu bile bilmiyordum...

"Böyle şeyler kendi kendine öğrenilmez," dese de mantığına sığmıyordu, çünkü sahiden de kimseden bir şey öğrendiğimi gören olmamıştı. Tam bir muammaydı.

Önceki hafta başıma gelen bir olayı hatırladım. Bütün aile şaşkına dönmüştü. Her şey Dindinha'nın evinde, gazetesini okuyan Edmundo Dayımın yanına oturduğumda başlamıştı.

"Dayıcığım."

"N'oldu, yavrum?"

Yaşı ilerlemiş bütün büyüklerin yaptığı gibi gözlüğünü burnunun ucuna indirmişti.

"Siz okumayı ne zaman öğrendiniz?"

"Aşağı yukarı altı-yedi yaşındayken."

"Peki insan beş yaşındayken okuyabilir mi?"

"Okur okumasına ama çocuğun yaşı henüz küçük olduğundan kimse öğretmeye yanaşmaz."

"Siz okumayı nasıl öğrendiniz?"

"Herkes gibi, alfabe kitabından. B'ye A'yı ekleyip BA yaparak."

"Herkes böyle mi öğrenmelidir?"

"Bildiğim kadarıyla evet."

"Herkes ama herkes mi?"

Beni kuşkuyla süzmüştü.

"Evet, Zezé, öğrenmek için herkesin öyle yapması lazım. Şimdi bırak da gazetemi okuyayım. Git bak bakalım, bahçenin öbür ucundaki guava ağacı meyve vermiş mi?.."

Gözlüğünü düzeltmiş ve dikkatini gazetesine vermeye çalışmıştı. Ama ben yanından ayrılmamıştım.

"Çok yazık!.."

Sızlanmam öyle içtendi ki dayım gözlüğünü tekrar burnunun ucuna indirmişti.

"Ne yapsam boş, sen bir şeyi kafaya taktın mı..."

"Sırf size bir şey anlatmak için ta evden buraya kadar bir sürü yol teptim."

"O zaman anlat bakalım."

"Hayır. Böyle olmaz. Önce emekli maaşınızı ne zaman alacağınızı öğrenmem lazım."

"Yarından sonraki gün."

Şefkatle gülümseyip gözlerini üstüme dikmişti.

"Peki yarından sonraki gün ne zaman?"

"Cuma."

"Peki cuma günü şehirden dönerken bana bir Ay Işığı getirebilir misiniz?"

"Ağır ol bakalım, Zezé. Neymiş bu Ay Işığı dediğin?"

"Sinemada gördüğüm beyaz bir atın ismi. Sahibinin adı Fred Thompson. Eğitilmiş bir at."

"Yani sana tekerlekli bir at getirmemi mi istiyorsun?"

"Hayır, dayıcığım. Tahta at kafalarından istiyorum, hani şu dizginli olanlardan. Bir değneğin ucuna takıp dörtnala koşturayım diye. Alıştırma yapmam lazım, çünkü bir gün sinemada çalışacağım."

Dayım hâlâ gülümsemekteydi.

"Anladım. Peki getirirsem benim elime ne geçecek?"

"Ben de sizin için bir şey yaparım."

"Öper misin?"

"Öpmeyi pek sevmem."

"Sarılır mısın?"

Bunun üstüne içim ezilerek Edmundo Dayıma bakmıştım. Küçük kuşum içimde bir şeyler fısıldamıştı. Derken aklıma önceden defalarca duyduğum şeyler gelmişti... Edmundo Dayım karısından ayrılmıştı ve beş çocuğu vardı... Yapayalnız yaşıyor ve hep ağır aksak yürüyordu... Acaba çocuklarını özlediği için mi böyle yürüyordu? Çocukları bir kez olsun onu ziyaret etmemişlerdi.

Masanın etrafından dolanıp yanına gelmiş ve boynuna sımsıkı sarılmıştım. Beyaz saçlarının alnıma yumuşacık süründüğünü hissetmiştim.

"Sarılmam at için değil. At karşılığında yapacağım şey başka. Okuyacağım."

"Sen okumayı biliyor musun, Zezé? Hayrola? Kimden öğrendin?"

"Kimseden."

"Beni işletmeye mi çalışıyorsun?"

Yanından ayrılıp kapıya gitmiş ve çıkmadan şöyle demiştim:

"Cuma günü atımı getirirseniz görürsünüz okumayı bilip bilmediğimi!"

Sonradan akşam olup da Jandira gazyağı lambasını yaktığında –çünkü faturayı ödemeyince şirket elektriğimizi kesmişti– ben "yıldız"ı görmek için ayaklarımın ucunda yükselmiştim. Duvara asılı bir kâğıtta bir yıldız resmi vardı, altındaysa evi korumak için bir dua yazılıydı.

"Jandira, beni kucağına alsana, şurayı okuyacağım."

"Dalgayı bırak, Zezé. Çok işim var."

"O zaman beni kaldır da gör okumayı bilip bilmediğimi."

"Bana bak, Zezé, hinlik peşindeysen fena olur."

Beni kucağına alıp kapının hizasında kaldırmıştı.

"Oku bakalım. Görelim."

Sahiden de okuyuvermiştim. Tanrı'nın evi kutsayıp kötü ruhları kovmasını dileyen duayı baştan sona okumuştum.

Jandira beni yere indirmişti. Ağzı bir karış açık kalmıştı.

"Zezé, duayı ezberlemişsin. Beni kandırmaya çalışıyorsun."

"Yemin ederim Jandira. Her şeyi okuyabiliyorum."

"Okuyorsan birinden öğrendin demektir. Edmundo Dayı mı öğretti? Dindinha mı?"

"Kimse öğretmedi."

Eline geçen bir gazete sayfasını önüme koymuştu ve okumuştum. Okurken hiç hata yapmamıştım. Jandira çığlığı basıp hemen Glória'yı çağırmıştı. Glória telaşa kapılıp Alaíde'yi çağırmaya gitmişti. On dakika içinde mahalleden bir sürü insan mucizeye tanık olmak için evimize doluşmuştu.

Totoca'nın anlatmamı istediği de buydu işte.

"Dayımdan öğrendin ve iyi öğrenirsen sana tahta bir at alacağına söz verdi," dedi.

"Hayır, öyle bir şey olmadı."

"Gidip ona soracağım."

"Sorabilirsin. Nasıl öğrendiğimi ben de bilmiyorum, Totoca. Bilseydim sana söylerdim."

"Öyleyse gidelim artık. Görürsün sen. Bir şeye ihtiyacın olduğunda..."

Elimi haşince kavrayıp beni çeke çeke eve geri getirdi. Derken aklına intikam için bir fikir geldi.

"Aferin! Demek erkenden öğrendin, sersem seni. Şimdi şubat ayında okula başlaman gerekecek."

Bu fikir ilk Jandira'dan çıkmıştı. Böylece hem öğlene kadar kafa dinleyebilecekti hem de ben terbiye almış olacaktım.

"Rio-São Paulo Otoyolu'na gidip alıştırma yapalım. Okul açıldıktan sonra sana uşaklık edeceğimi ve habire karşıdan karşıya geçireceğimi sanma sakın. Madem çok akıllısın, bunu da hemen öğrenirsin."

* * *

"İşte oyuncak atın. Şimdi göster bakalım."

Gazeteyi açıp bir ilaç reklamında yazan bir cümleyi işaret etti.

"Bu *mamul* bütün *eczanelerde* ve tıbbi malzeme mağazalarında bulunur," diye okudum.

Edmundo Dayım bahçeye koşup Dindinha'yı çağırdı.

"Anne! *Eczane*yi bile düzgün okudu!"

İkisi birden önüme okunacak şeyler dizmeye başladılar, ne koysalar okuyordum.

Anneannem homurdanarak dünyanın pusulasının şaştığını söyledi.

Tahta atımı teslim alınca Edmundo Dayımı yeniden kucakladım. Çeneme dokundu ve duygulu bir sesle konuşmaya başladı:

"Geleceğin parlak, afacan. İsmini boşuna José yani Yusuf koymamışlar. Sen güneş olacaksın ve yıldızlar etrafında parıldayacak."

Söylediklerine anlam veremeden suratına baktım ve onun sahiden de tırlak olabileceğini düşündüm.

"Anlamadığının farkındayım. Mısırlı Yusuf'un hikâyesinden bahsediyorum. Büyüdüğünde anlatırım."

Hikâyelere bayılırdım. Anlaması ne kadar zor olursa o kadar çok severdim.

Uzunca bir süre tahta atımın başını okşadıktan sonra Edmundo Dayıma dönüp sordum:

"Gelecek haftaya kadar büyür müyüm sizce?.."

İkinci Bölüm

Bir şeker portakalı fidanı

Evimizde büyük kardeşler, küçükleri yetiştirmekten sorumluydular. Jandira hem Glória'ya hem de Kuzeyli birilerine evlatlık verilen başka bir ablama bakmıştı. Ama onun gözbebeği Antônio'ydu. Lalá ise kısa zaman öncesine kadar bana bakmıştı. Başlarda beni sevse de sonraları ya bıkmış ya da gönlünü tamamen, tıpkı meşhur şarkıdaki gibi *bol pantolonlu ve kısa ceketli* iki dirhem bir çekirdek erkek arkadaşına kaptırmıştı. Pazar günleri *piyasa yapmak* için (erkek arkadaşı böyle derdi) istasyonun oraya gittiğimizde erkek arkadaşı bana şeker alırdı. Eve döndüğümüzde hiçbir şey söylemeyeyim diye. Piyasa yapmanın anlamını Edmundo Dayıma soramazdım, yoksa her şey açığa çıkardı...

Bebekken öldükleri için hiç karşılaşmadığım öbür iki kardeşimi sadece başkalarının anlattıklarından biliyordum. İkisinin de aynı Pinagé yerlisi bebeklere benzedikleri söylenirdi. Tenleri koyu esmer, saçları siyah ve düzmüş. Yerliye benzedikleri için kız olanın adını Aracy, erkeğinkini ise Jurandyr koymuşlar.

Sonra da küçük kardeşim Luís gelmişti. Ona asıl bakan kişi Glória'ydı, ardından da ben. Aslında bakıma ihtiyacı yoktu, çünkü dünyanın en güzel, en uslu, en sakin çocuğuydu.

İşte bu yüzden, yanıma gelip de sözcüklerin üstüne basa basa her şeyi hatasızca telaffuz ederek konuştuğunda, tam sokakların dünyasına adım atacakken fikir değiştirdim.

"Zezé, beni hayvanat bahçesine götürür müsün? Bugün yağmur yağacak gibi durmuyor, değil mi?"

Nasıl da tatlıydı, her sözcüğü hatasızca telaffuz ediyordu. Bu çocuk önemli biri olacaktı, geleceği parlaktı.

Masmavi göklere baktım, hava pek güzeldi. Yalan söylemeye yüreğim elvermedi. Çünkü bazen canım istemediğinde, "Deli misin Luís, baksana fırtına geliyor!" derdim.

Ama bu kez elciğini tuttum ve beraber macera peşinde, bahçeye çıktık.

Bahçe üç farklı oyuna bölünmüştü. Bir tarafta hayvanat bahçesi vardı. Julinho Efendi'nin düzgün çitinin orası Avrupa'ydı. Neden mi Avrupa? Cevabını küçük kuşum bile bilmiyordu. Öbür uçta da teleferik oyunu oynardık. Düğme kutusundaki bütün düğmeleri birer birer ipe dizerdik. (Edmundo Dayım ip değil kurdele derdi. Bir aralar kurdelenin bir tür hastalık olduğunu sanıyordum. Dayımsa sadece sözcüklerin benzediğini söylemişti, hastalığa kurdele değil kurdeşen deniyordu.) Sonra ipin bir ucunu çite, öbür ucunu Luís'in parmağının ucuna bağlardık. Düğmelerin olduğu kısmı havaya kaldırıp hepsini teker teker öbür uca kaydırırdık. Her teleferiğin içinde meşhur kişiler olurdu. Kapkara bir düğmeye Zenci Biriquinho'nun teleferiği derdik. Sıklıkla yan bahçeden bir ses duyulurdu:

"Çitime zarar vermiyorsun, değil mi, Zezé?"

"Hayır, Dona Dimerinda. İsterseniz kendiniz bakın."

"Aferin sana. Kardeşinle uslu uslu oyna. Böylesi daha iyi, değil mi?"

Öyle olabilirdi ama "vaftiz babam" şeytan, beni bir dürttü mü, hinlik etmekten daha güzel bir şey olamazdı...

"Noel'de bana geçen yılki gibi bir duvar takvimi verecek misiniz?"

"Geçen yıl verdiğime n'oldu?"

"İsterseniz gelip bakabilirsiniz, Dona Dimerinda. Ekmek bohçasının üstünde asılı."

Kadın gülüp Noel'de yeni bir takvim vereceğine söz verirdi. Kocası, Chico Franco'nun bakkaliyesinde çalışıyordu.

Başka bir oyunumuz ise Luciano idi. Luís başlarda ondan çok korkar, geri dönmek için paçalarıma yapışırdı. Oysa Luciano dostumdu. Beni her gördüğünde ciyaklardı. Glória da ondan hiç hoşlanmaz, yarasaların vampir olduklarını ve çocukların kanını emdiklerini söylerdi.

"Hayır, Godóia. Luciano öyle yarasalardan değil. O benim dostum. Beni tanıyor."

"Ah senin şu hayvan merakın yok mu, bir de canlı cansız her şeyle konuşup durman..."

Luciano'nun hayvan olmadığına kardeşimi ikna edene kadar akla karayı seçmiştim. Luciano, Campo dos Afonsos dolaylarında süzülen bir uçaktı.

"Bak, Luís!"

Luciano konuşulanları anlıyormuş gibi tepemizde daireler çizerdi. Anladığına şüphem de yoktu.

"O bir uçak. Ve şimdi..."

Sözcüğü bir türlü hatırlayamazdım. Edmundo Dayıma tekrar sormalıydım. Akorbasi miydi, akrobasi mi, yoksa arkobasi mi, emin olamazdım. İçlerinden biriydi. Küçük kardeşime yanlış öğretmemem lazımdı.

Şu an onun tek istediği şeyse hayvanat bahçesine gitmekti.

Köhne kümesin yakınına geldik. İçeride iki beyaz piliç, yeri eşeliyordu, ihtiyar karatavuk ise öyle yumuşak huyluydu ki başını okşamamıza bile izin verirdi.

"Önce giriş biletlerini alalım. Bana elini ver ki çocuk halinle bu kalabalığın ortasında kaybolma. Pazar günleri nasıl da kalabalık oluyormuş, görüyor musun?"

Kardeşim etrafa bakındı ve gözlerine insanlar görünmeye başlayınca elimi daha da sıkı kavradı.

Bilet gişesine gelince göğsümü şişirip öksürdüm, önemli biri gibi görünmek istiyordum. Elimi cebime sokup gişedeki kadına sordum:

"Çocuklar kaç yaşına kadar ücretsiz?"

"Beş yaşına kadar."

"O halde bir yetişkin bileti, lütfen."

Bilet niyetine portakal ağacının iki yaprağını aldım ve içeri girdik.

"İlkin, yavrucuğum, kuşların güzelliğine tanık olacaksın. Şunlara bak, rengârenk muhabbetkuşları, papağanlar. Şu her tarafı farklı renkte olanlara gökkuşağı papağanı denir."

Kardeşimin gözleri fal taşı gibi açılmıştı.

Ağır adımlarla yürüyor, hiçbir şeyi gözden kaçırmıyorduk. Hatta bir ara her şeyin gerisinde Glória ile Lalá'nın taburelere oturmuş portakal soyduğunu bile gördüm. Lalá'nın gözlerinde öyle bir ifade vardı ki... Acaba keşfetmiş olabilirler miydi? Şayet keşfettilerse, hayvanat bahçesi oyunu birinin kıçına inen terlik darbeleriyle son bulacaktı. O biri de elbette ben olacaktım.

"Zezé, şimdi nereyi gezeceğiz?"

Yeniden öksürüp göğsümü kabarttım.

"Maymunların kafesine gideceğiz. Edmundo Dayımın hep dediği gibi, maymungillerin."

Birkaç muz satın alıp maymunlara attık. Bunun yasak olduğunu biliyorduk ama etraf çok kalabalık olduğundan bekçilerin ruhu bile duymadı.

"Çok yaklaşma, kuzucuğum, yoksa muz kabuklarını kafana yersin."

"Bir an önce aslanları görmek istiyorum."

"Bekle, birazdan."

Yeniden bakışlarımı ellerindeki portakalları emen iki dişi "maymungil"e çevirdim. Konuşmaları aslan kafesinin oradan bile duyulabiliyordu.

"İşte geldik."

Afrika'nın bağrından çıkmış sapsarı iki dişi aslanı işaret ettim. Kardeşim kara panterin başını okşamak istediğindeyse...

"Sakın ha, kuzucuğum. Bu kara panter hayvanat bahçesinin baş belasıdır. Tam on sekiz terbiyecisinin kolunu koparıp yediği için buraya göndermişler."

Luís'in korktuğu suratından belliydi, hemen kolunu çekti.

"Sirkten mi gelmiş?"

"Evet."

"Hangi sirkten, Zezé? Şimdiye kadar hiç söylememiştin."

Düşündüm de düşündüm. Tanıdıklarım arasında ismi sirke yakışan kim vardı?

"Hah! Rozemberg Sirki'nden gelmiş."

"Ama orası fırın değil mi?"

Onu kandırmak giderek zorlaşıyordu. İyice akıllanmaya başlamıştı.

"İkisi ayrı. En iyisi şöyle oturup yanımızda getirdiklerimizi yiyelim. Çok yürüdük."

Oturduk ve yiyormuş gibi yaptık. Ama kulağım ablalarımdaydı, konuştuklarını dinliyordum.

"Bizim de ondan öğreneceğimiz var, Lalá. Baksana kardeşine karşı nasıl da sabırlı."

"Öyle ama öteki bunun gibi değil ki. Bununki hınzırlığı aştı, kötülüğe dönüştü artık."

"Kanında şeytanlık olduğu kesin, ama sevimli de. Ne kadar dolap çevirse de mahallede kimse ona kızmıyor..."

"Yanıma geldiği anda terliği yiyecek. Elbet bir gün öğrenecek."

Gözlerimi merhamet dilercesine Glória'ya diktim. Beni hep o kurtarır, her seferinde bir daha yapmayacağıma dair bana söz verdirirdi...

"Daha sonra. Şimdi değil. Uslu uslu oynuyorlar..."

Her şeyi biliyordu. Derenin kıyısına inip Dona Celina'nın arka bahçesine girdiğimi biliyordu. Rüzgârda salınan çamaşır ipine asılı kol ve bacakları görünce büyülenmiş gibi kalakalmıştım. Derken şeytan dürtmüş, bütün bu kol ve bacakları tek seferde yere indirebileceğimi fısıldamıştı kulağıma. Bunun çok komik olacağı konusunda hemfikirdik. Derenin dibinde keskin bir cam parçası bulmuş ve portakal ağacına tırmanıp çamaşır ipini sabırla kesmeye koyulmuştum.

Her şey yeri boyladığında neredeyse ben de ağaçtan düşecektim. Bir çığlık duyulmuş ve herkes koşup gelmişti.

"Yetişin, komşular, ip koptu!"

Derken bir başkasının daha yüksek sesle bağırdığı duyulmuştu, ama ne taraftan geldiğini anlayamamıştım.

"Paulo Efendi'nin oğlu olacak o haşarının işi bu. Elinde bir cam parçasıyla portakal ağacına tırmanıyordu..."

"Zezé?" dedi kardeşim.

"Ne var, Luís?"

"Söylesene, hayvanat bahçeleri hakkında bu kadar bilgiyi nereden öğrendin?"

"Bugüne dek çok hayvanat bahçesi gezdim."

Yalandı, aslında ne biliyorsam Edmundo Dayımın anlattıklarından biliyordum, bir gün beni de oraya götüreceğine söz vermişti. Ama öyle ağır aksak yürürdü ki biz gelene kadar ortada hayvanat bahçesi falan kalmayacaktı. Totoca'nın ise babamla gitmişliği vardı.

"En sevdiğim hayvanat bahçesi Vila Isabel Mahallesi'nde, Barão de Drummond Sokağı'ndaki. Sokağa adını veren Drummond baronu kim biliyor musun? Tabii ki bilmiyorsun. Daha böyle şeyleri bilecek yaşta değilsin. Galiba bu baron Tanrı'nın yakın dostuymuş, çünkü Tanrı'nın hayvanlı tombalayı ve hayvanat bahçesini yaratmasına o yardımcı olmuş. Sen de biraz daha büyüdüğünde..."

Ablalarım hâlâ aynı yerdeydi.

"Biraz daha büyüdüğümde ne olacak?"

"Amma çok soru soruyorsun ya. Büyüdüğünde sana hayvanları ve tombaladaki numaralarını öğretirim. Yirmiye kadar. Bildiğim kadarıyla yirmi ile yirmi beş arasında inek, boğa, ayı, geyik ve kaplan var. Sırasından emin değilim ama öğreneceğim ki sana yanlış öğretmeyeyim."

Oyundan sıkılmaya başlamıştı.

"Zezé, bana 'Minik Kulübe'yi söylesene."

"Hayvanat bahçesinin ortasında mı? Burası çok kalabalık."

"Yok. Herkes evine gitti bile..."

"Şarkının sözleri çok uzun. Senin sevdiğin kısmını söyleyeceğim, o kadar."

Ağustosböcekleriyle ilgili kısmı sevdiğini biliyordum.

Derin bir nefes aldım.

Biliyorsun nereden geldiğimi
Minicik kulübemi
Bir elma bahçesinin yanı başında...
Minik bir kulübe
Bayırın ta tepesinde
Ve deniz görünüyor uzakta...

Birkaç dizeyi atladım.

Narin palmiyelerde gizli
Öter durur ağustosböcekleri
Günbatımı altın rengi.
Kıyıdan ufuk manzarası.
Bahçede bir çeşme şırıltısı
Bir bülbül, çeşmenin tepesindeki...

Söylemeyi kestim. Ablalarım hâlâ aynı yerde beni bekliyorlardı. Aklıma bir fikir geldi; hava kararana kadar yerimden ayrılmadan şarkılar söyleyecektim. Sonunda beklemekten vazgeçeceklerdi.

Ama nerede... "Minik Kulübe"yi baştan sona söyleyip bir kez daha tekrar ettim, "Uçarı Gönlün"ü, hatta "Ramona"yı bile söyledim. "Ramona"nın bildiğim iki farklı halini de söyledim... ve sonunda tükendim. Feci bir ümitsizliğe kapıldım. En iyisi yüzleşip konuyu kapatmaktı. Yanlarına gittim.

"Buyur, Lalá. Bana vurabilirsin."

Sırtımı dönüp beğenisine sundum. Dişlerimi kenetledim, çünkü Lalá'nın elinin ağır olduğunu, terliği nasıl indirdiğini biliyordum.

* * *

Fikir annemden çıktı:

"Bugün hep beraber evi görmeye gidiyoruz."

Totoca beni yanına çağırdı ve fısıldayarak uyardı:

"Evi önceden gördüğümüzü anlatırsan fena yaparım."

Oysa böyle bir şeyden bahsetmek aklıma bile gelmemişti.

Cümbür cemaat yola döküldük. Glória elimi tuttu ve yanından bir an olsun ayrılmamamı tembihledi. Ben de Luís'in elini tuttum.

"Ne zaman taşınacağız, anne?"

Annem, Glória'nın sorusunu yanıtlarken sesinde belli belirsiz bir hüzün vardı:

"Noel'den iki gün sonra pılımızı pırtımızı toplamaya başlamalıyız."

Sesi bitkin mi bitkin çıkıyordu. Ona öyle acıyordum ki... Annem doğduğundan beri çalışıyormuş. Henüz altı yaşındayken fabrika kurulunca onu orada işe sokmuşlar. Annemi bir masanın tepesine oturtur, temizleyip cilalasın diye alet edevatı önüne yığarlarmış. Öyle küçükmüş ki masadan yalnız başına inemez ve altını ıslatırmış... Ne okula gitmiş ne de okuma yazma öğrenmiş. Bu yaşadıklarını ilk duyduğumda öyle üzülmüştüm ki bilgili bir şair olduğumda şiirlerimi ona bizzat okuyacağıma söz vermiştim...

Noel'in yaklaştığı dükkânların vitrinlerinden belliydi. Bütün kapı camlarına Noel Baba resimleri çizilmişti. Gün yaklaştıkça her yer müşteri dolar diye Noel kartlarını şimdiden satın alan insanlar vardı. Bense Bebek İsa'nın bu kez doğacağına dair uzak da olsa bir umut besliyordum. Benim için doğacaktı. Aklım başıma geldiğinde, belki biraz daha uslu olursam...

"Geldik, işte burası."

Herkesin çok hoşuna gitmişti. Oturduğumuz evden azıcık daha küçüktü. Annem, Totoca'nın yardımıyla bahçe kapısını tutan teli çözünce hep beraber içeri hücum ettik. Glória elimi bıraktı, artık koca kız olduğunu unutuvermişti. Bir koşu yanımdan ayrılıp mango ağacına sarıldı.

"Mango ağacı benim. İlk ben kaptım."

Antônio da aynı şekilde demirhindi ağacını sahiplendi.

Bana hiçbir şey kalmamıştı. Gözlerim dolarak Glória' ya baktım.

"Ya ben, Godóia?"

"Koş arka bahçeye bak. Nasılsa orada da ağaçlar vardır, sersem."

Koştum, ama kendimi büyümüş otların arasında buldum. Dikenleri çıkmış bir dizi yaşlı portakal ağacından başka ağaç yoktu. Derenin kıyısında küçük bir şeker portakalı fidanı vardı.

Hüsranım büyüktü. Bizimkiler eve girmiş, kimin hangi odayı alacağını kararlaştırmaya koyulmuşlardı.

Glória'nın eteğini çekiştirdim.

"Bana ağaç kalmadı."

"Sen bulamamışsındır. Ben sana bir ağaç bulayım da gör."

Böylece benimle beraber dışarı geldi. Portakal ağaçlarını gözden geçirdi.

"Şunu beğenmedin mi? Baksana ne güzel bir portakal ağacı."

Hiçbirini beğenmemiştim. Şunu da, onu da, hiçbirini de... Hepsi dikenlerle kaplıydı.

"Bu çirkin şeylere kalacağıma şeker portakalı fidanını tercih ederim."

"Nerede?"

Bulunduğu yere gittik.

"Ne güzel bir şeker portakalı fidanıymış bu! Hem bak, dikeni de yok. Pek de kişilik sahibiymiş, şeker portakalı olduğu ta uzaktan belli. Ben senin boyunda olsaydım başka şey istemezdim."

"Ama ben büyük bir ağaç istiyordum."

"İyi düşün, Zezé. Henüz gencecik bir fidan bu. Bir gün koca bir ağaca dönüşecek. Seninle beraber büyüyecek. İki kardeş gibi iyi anlaşacaksınız. Dalını gördün mü? Bir tanecik dalı olsa da sanki özellikle senin binmen için hazırlanmış bir ata benziyor."

Müthiş haksızlığa uğradığımı düşünüyordum. Üstünde İskoçyalı meleklerin resmi bulunan içki şişesi aklıma gelmişti. Lalá, "Şuradaki aynı ben," demişti. Glória başka bir meleği sahiplenmişti. Totoca da meleklerden birini seçince bana ne kalmıştı? Ben de resmin en gerisindeki, kanatları bile doğru düzgün görünmeyen melek olmuştum. İskoçyalı dördüncü melek yarım yamalak bir melekti... Her şeyde sonuncu olmaya mahkûmdum. Büyüdüğümde onlara günlerini gösterecektim. Amazon Ormanları'nın bir kısmını satın alacaktım ve göğe değen bütün ağaçlar benim olacaktı. Bir dükkân dolusu melekli şişe satın alacak, kanatlarının ucunu bile kimselere vermeyecektim.

Somurttum. Toprağa oturdum ve sırtımı öfkeyle şeker portakalına yasladım. Glória yanımdan ayrılırken gülümseyerek şöyle dedi:

"Öfken çabucak geçecek, Zezé. Haklı olduğumu anlayacaksın."

Toprağı bir dal parçasıyla eşeledim ve homurdanmayı bıraktım. Ansızın nereden geldiğini bilmediğim bir ses duydum, yüreğimin yakınından gelmişti sanki:

"Bence ablan sonuna kadar haklı."

"Zaten herkes her zaman her konuda haklı. Haklı olmayan bir ben varım."

"Bu doğru değil. Bana dikkatle baksaydın sen de anlardın."

İrkilerek yerimden sıçradım ve körpecik ağaca baktım. Tuhaf bir durumdu, çünkü ben sürekli her şeyle konuşsam da yanıtların hep içimdeki küçük kuştan geldiğini zannederdim.

"Sen sahiden konuşuyor musun?"

"Söylediklerimi duymuyor musun?" diye karşılık verdi ve kıkırdadı. İçimden çığlık çığlığa oradan kaçmak geldi. Ama merakım beni yere çivilemişti.

"Sesin nereden çıkıyor?"

"Ağaçların sesi her taraftan çıkar. Yapraklardan, dallardan, köklerden... Kulağını gövdeme dayarsan kalp atışlarımı duyabilirsin."

Bir an tereddüt etsem de boyunun küçük olduğunu düşününce korkum geçti. Kulağımı dayadım ve derinlerden bir ses duydum, tik... tak...

"Duydun mu?" dedi.

"Söylesene. Senin konuşabildiğini herkes biliyor mu?"

"Hayır. Bir tek sen."

"Sahiden mi?"

"İstersen yemin edebilirim. Bir peri bana tıpkı senin gibi bir çocukla arkadaş olursam konuşabileceğimi ve çok mutlu olacağımı söylemişti."

"Peki bekleyecek misin?"

"Neyi?"

"Buraya taşınmamı. Daha bir haftadan çok var. Acaba o zamana kadar sen konuşmayı unutmuş olur musun?"

"Bir daha asla unutmam. Ama sadece sen duyabilirsin. Ne kadar uysal olduğumu görmek ister misin?"

"Nasıl yani..."

"Dalıma bin."

Söylediğini yaptım.

"Şimdi, hafifçe sallan ve gözlerini kapa."

Emrini yerine getirdim.

"Nasıl? Hayatında hiç bundan iyi bir atın olmuş muydu?" diye sordu.

"Hiç olmadı. Harika. Bari atım Ay Işığı'nı küçük kardeşime vereyim. Onu sen de çok seveceksin, biliyor musun?"

Şeker portakalı fidanıma hayran kalmış halde yere indim.

"Bak, aklıma bir şey geldi. Taşınana kadar her fırsatta buraya gelip seninle laflayacağım... Şimdi gitmem lazım, bizimkiler çıkmak üzere."

"Ama arkadaşlar böyle vedalaşmaz."

"Şişşt! Ablam geliyor."

Glória yaklaşırken ben de şeker portakalımı kucakladım.

"Hoşça kal, dostum. Dünyada senden güzeli yok!" dedim.

"Ben söylememiş miydim?" dedi ablam.

"Evet, söylemiştin. Artık bana mango ağacını da demirhindiyi de verseniz kendi ağacıma değişmem."

Elini uzatıp şefkatle saçlarımı okşadı.

"Ah senin şu kafacığından neler geçiyor neler!.."

El ele bahçeden ayrıldık.

"Godóia, senin mango ağacı sence de biraz aptal değil mi?"

"Henüz tam anlayamadım, ama biraz öyle galiba."

"Peki ya Totoca'nın demirhindisi?"

"Biraz şapşal bir hali var, niye sordun?"

"Şimdi anlatabileceğime emin değilim. Ama bir gün sana bir mucizeden bahsedeceğim, Godóia."

Üçüncü Bölüm

Yoksulluğun cılız parmakları

Derdimi dile getirdiğimde Edmundo Dayım bana ciddiyetle kulak verdi.

"İçine dert olan bu mu yani?"

"Evet, öyle. Başka eve taşındığımızda Luciano'nun peşimizden gelmeyeceğinden korkuyorum."

"Sence bu yarasa seni çok seviyor mu?"

"Sevmez olur mu..."

"Yürekten mi seviyor?"

"Kesinlikle."

"Öyleyse geleceğine emin olabilirsin. Biraz gecikebilir, ama bir gün mutlaka seni bulacaktır."

"Hangi sokağa taşınacağımızı ve evin numarasını ona söyledim bile."

"O halde daha da kolay bulur. Başka işleri olduğundan bizzat gelemese bile bir kardeşini, kuzenini ya da başka bir akrabasını gönderir, eksikliğini hissetmezsin."

Yine de emin olamıyordum. Luciano okumayı bilmiyorsa sokak ismini ve evin numarasını vermek neye yarardı ki? Belki de kuşlara, peygamber böceklerine, kelebeklere sorardı.

"Sen hiç korkma, Zezé, yarasaların yön bulma hissi kuvvetlidir."

"Ne hissi dediniz, dayıcığım?"

Yön bulma hissinin ne olduğunu bana açıklamaya koyuldu ve ne kadar çok şey bildiğini gördükçe hayranlığım daha da arttı.

Derdime derman bulunca sokağa çıktım ve taşınacağımızı önüme çıkan herkese anlatmaya başladım. Büyüklerin çoğu neşeyle karşılık veriyorlardı:

"Taşınacak mısınız, Zezé? Aman ne güzel!.. Aman ne harika!.. Aman ne hoş!.."

Şaşırmayan tek kişi Biriquinho oldu.

"Neyse ki yan sokağa taşınıyormuşsun. Yine dibimizdesin. Hani sana bahsettiğim bir şey vardı..."

"Ne zaman?"

"Yarın, saat sekizde, Bangu Kumarhanesi'nin kapısında. Fabrikanın sahibi bir kamyon dolusu oyuncak aldırmış, öyle diyorlar. Gelecek misin?"

"Geleceğim. Luís'i de getireceğim. Sence bana da verirler mi?"

"Tabii ya. Hâlâ bacak kadarsın. Büyüyüp de herif mi oldun sanki?"

Yanıma yaklaşınca hâlâ küçücük olduğumu hissettim. Sandığımdan da küçüktüm.

"Madem öyle diyorsun... Neyse, şimdi başka yapacaklarım var. Yarın orada görüşürüz."

Eve döndüm ve Glória'ya dadandım.

"Ne var, ufaklık?"

"Bizi sen götürsene. Şehirden tıka basa oyuncakla dolu bir kamyon gelecek."

"Hayda, Zezé! Dünya kadar işim var zaten. Daha ütü yapacağım, taşınma için Jandira'yla beraber eşyaları toparlayacağım. Ocakta bir sürü yemek var..."

"Realengo Harp Okulu'ndan öğrenciler de gelecekmiş."

Ablam bir defterin arasında Rudy adını taktığı Rodolfo Valentino'nun resimlerini biriktirmekle kalmaz, Harp Okulu öğrencilerine de özel bir ilgi duyardı.

"Sabahın sekizinde Harp Okulu öğrencilerinin dışarı çıktığı nerede görülmüş? Sen beni sersem mi sandın, ufaklık? Git oyununu oyna, hadi Zezé."

Ama gitmedim.

"Ama Godóia, kendim için istemiyorum ki. Luís'e söz verdim, götüreceğimi söyledim. Öyle küçücük ki. O yaştaki çocuklar Noel'den başka bir şey düşünmüyorlar."

"Zezé, söyleyeceğimi söyledim, gitmeyeceğim. Hem palavrayı da kes: Asıl gitmek isteyen sensin. Uzatma, başka Noel'e artık..."

"Ya ölürsem? Bu Noel hediyesiz ölmüş olacağım."

"Senin ölmene daha çok var, cicim. Edmundo Dayı'yı da Benedito Efendi'yi de ikiye katlayacaksın. Hadi yeter artık. Git oyununu oyna."

Ama gitmedim. Sürekli yoluna çıkıp durdum. Bir şey almak için komodinin başına gittiğinde benim sallanan sandalyede oturmuş, talepkâr bakışlarımı kendisine yöneltmiş olduğumu görüyordu. Bir şeyi bakışlarımla istediğimde ablam üzerindeki etkisi büyük oluyordu. Kovasını doldurmak için çamaşır teknesine gittiğinde, kapının eşiğinde oturmuş kendisini izlediğimi görüyordu. Yıkanacak çamaşırları almak için odaya girdiğinde, yatağa oturmuş ellerim çenemde kendisini izlediğimi görüyordu...

Tabii daha fazla dayanamadı.

"Yeter, Zezé. Hayır dedimse hayır. Allah aşkına, sabrımı taşırma. Git oyununu oyna."

Ama gitmedim. Daha doğrusu, gitmeyeceğimi sandım. Çünkü Glória beni tuttuğu gibi dışarı sürükledi ve bahçeye bıraktı. Ardından eve girip mutfakla salonun kapılarını kapadı. Pes etmedim. Hangi pencerede belirse önüne oturdum. Evin tozunu alıp yatakları toplamaya başladığı için tek bir yerde durmuyordu. Kendisini izlediğimi her gördüğünde pencereyi kapıyordu. Neticede beni görmemek uğruna evdeki bütün pencereleri kapatmış oldu.

"Şeytan seni!" diye bağırdım. "Rengi bozuk! Harp Okulu'ndan kimse senle evlenmeyecek! Postallarını boyatacak parası bile olmayan şu beş parasız erlerden biriyle evlenirsin anca!"

Vaktimi gerçekten de boşa harcadığımı görünce bıkkınlıkla evden çıktım ve yeniden sokakların dünyasına adım attım.

Sokakta Nardinho'yu gördüm, yerde bir şeyle oynuyordu. Çömelmiş, gözlerini önüne dikmişti. Yanına gittim. Kibrit kutusundan bir araba yapmış ve hayatımda gördüğüm en büyük böceğe bağlamıştı.

"Vay be!" dedim.

"Büyük, değil mi?"

"Takas etmek ister misin?"

"Neyle?"

"Kart istersen..."

"Kaç tane?"

"İki."

"Yok ya. Böyle bir böceği sadece iki karta verir miyim hiç?"

"Edmundo Dayımın evinin arkasındaki derede böyle bir sürü böcek var."

"Üç karta olur."

"Üç kart veririm, ama seçmece yok."

"Öyle olmaz. En azından ikisini seçtir."

"Tamam."

Bir tane Laura La Plante kartı verdim, zaten aynısından bir sürü vardı. O da bir Hoot Gibson bir de Patsy Ruth Miller kartı seçti. Böceği alıp cebime soktum ve oradan ayrıldım.

* * *

"Acele et, Luís. Glória ekmek almaya çıktı, Jandira da sallanan sandalyede kitap okuyor."

Duvarın dibinden sıvışarak koridoru aştık. Luís'e çişini yaptırdım.

"İyice işe, çünkü gündüz vakti sokakta yapmak yasak."

Ardından çamaşır teknesinde yüzünü yıkadım. Kendiminkini de yıkadıktan sonra odaya döndük.

Ses çıkarmadan üstünü giydirdim. Ayakkabılarını ayacıklarına geçirdim. Çoraplar ne illet şeylerdi, insanın işini zorlaştırmaktan başka işe yaramıyorlardı. Mavi takımının önünü düğümlediğimde sıra tarağa geldi. Ama saçını bir türlü yatıramadım. Bir çözüm bulmam lazımdı. Etrafta sürebileceğim hiçbir şey yoktu. Briyantin de yağ da bitmişti. Mutfağa gidip parmaklarımın ucunda bir parça domuz yağıyla döndüm. Yağı avucuma yayıp kokladım.

"Kokusu fena değil."

Avucumdaki yağı Luís'in saçına sürdüm ve taramaya başladım. Çok yakışıklı oldu. Lüle lüle saçlarıyla kuzusunu omuzlarına almış Aziz João gibiydi.

"Şimdi şurada dur, oturma ki üstün buruşmasın. Ben de giyineceğim."

Pantolonumu ve beyaz gömleğimi üstüme geçirirken gözlerimi kardeşimden ayırmadım. Nasıl da yakışıklıydı! Bangu Mahallesi'nde ondan yakışıklısı yoktu.

Lastik ayakkabılarımı giydim, gelecek sene okula başlarken kullanacağım için onlara gözüm gibi bakmalıydım. Gözlerim hâlâ Luís'in üstündeydi.

Öyle yakışıklı, öyle pırlanta gibiydi ki Bebek İsa'nın biraz büyümüş haliyle karıştırılabilirdi. Deli gibi hediyeye boğulacağına şüphem yoktu. Yüzünü bir gördüler mi...

İrkildim. Glória eve dönmüş, getirdiği ekmeği masaya koymaktaydı. Ekmeğin kâğıdı hışırdadı; ancak eve ekmek girdiği günlerde duyduğumuz bir sesti bu.

El ele odadan çıkıp karşısına dikildik.

"Çok yakışıklı olmamış mı, Godóia? Ben giydirdim."

Öfkelenmek yerine sırtını kapıya yasladı ve tavana baktı. Başını eğdiğinde gözleri sırılsıklamdı.

"Sen de çok yakışıklısın. Ah, Zezé!.."

Diz çöküp başımı göğsüne bastırdı.

"Tanrım! Hayatta neden birileri hep bunca çile çekmek zorunda?"

Çabucak toparlandı ve üstümüze çekidüzen vermeye koyuldu.

"Önceden de söyledim, sizi götüremem. Sahiden mümkün değil, Zezé. Yapmam gereken sürüyle iş var. Önce kahvaltımızı edelim, sonra bir çözüm düşüneceğim. İstesem bile ben hazırlanana kadar vakit geçecek..."

Kahve kupalarımızı önümüze koydu ve ekmeği kesti. Kederli gözlerini bizden ayırmıyordu.

"Bir avuç kıytırık oyuncak uğruna amma uğraştınız. Bu kadar fakir fukaraya düzgün şeyler verecek halleri yok..."

Bir an sustuktan sonra konuşmayı sürdürdü:

"Belki de başka şansınız olmayacak. Gitmenize engel olamam ama... Tanrım, öyle küçücüksünüz ki..."

"Ben ona göz kulak olurum. Elini bir an olsun bırakmam, Godóia. Rio-São Paulo Otoyolu'nu geçmemize bile gerek yok."

"Yine de tehlikeli."

"Hiç de değil, benim yön bulma hissim kuvvetli."

Hüznüne rağmen güldü.

"Kimden öğrendin bunu?"

"Edmundo Dayımdan. Luciano'nun yön bulma hissi olduğunu söyledi, o kadarcık boyuyla Luciano'nun varsa benim daha bile çok vardır..."

"Jandira'yla konuşacağım."

"Boşuna vakit kaybetme. O izin verir. Jandira'nın bütün derdi roman okumak ve sevgililerini düşünmek. Gerisi hiç umurunda değil."

"Şöyle yapalım: Kahvaltınızı bitirdikten sonra kapının önüne çıkalım. O tarafa giden tanıdık birileri geçerse size eşlik etmesini rica ederim."

Gecikmemek için ekmeğimi bile yemedim. Kapıya çıktık.

Sokaktan kimsenin geçtiği yoktu, geçen tek şey zamandı. Ama sonunda biri belirdi. Postacı Paixão Efendi'ydi bu. Glória'yı selamlayıp kepini çıkardı ve bize eşlik etmeyi kabul etti.

Glória önce Luís'i öptü, sonra beni. Şefkatle gülümseyerek sordu:

"Şu postalını boyatacak parası olmayan er hakkında söylediklerin..."

"Hepsi yalan. İçimden gelerek söylememiştim. Omuzları yıldız dolu bir tayyare subayıyla evleneceksin."

"Niye Totoca'yla beraber gitmiyorsunuz?"

"Totoca gitmek istemedi ki. 'Yük' taşımaya hevesli değilmiş."

Yola çıktık. Paixão Efendi bizi biraz önden yolluyor, evlere mektupları dağıttıkça hızlanıp bize yetişiyordu. Art arda bu döngüyü tekrarlayıp durduk. Rio-São Paulo Otoyolu'na geldiğimizde güldü ve şöyle dedi:

"Evlatlarım. Benim çok acelem var. Sizle beraberken işim gecikiyor. En iyisi siz şuradan gidin, bir şeycik olmaz."

Mektup ve kâğıtlardan oluşan koca tomarını koltuğunun altına sıkıştırıp acele adımlarla yanımızdan ayrıldı.

Öfkelenmiştim, şöyle düşündüm:

"Alçak! Glória'ya verdiği söze aldırmadan iki çocukçağızı yolda yalnız bırakıyor."

Luís'in elciğini daha da sıkı kavradım ve yürümeye devam ettik. Yorgunluk belirtileri göstermeye başlamıştı. Adımları giderek ağırlaşıyordu.

"Dayan, Luís. Az kaldı. Sürüyle oyuncak bizi bekliyor."

Birazcık hızlanıyor, ardından yine yavaşlıyordu.

"Zezé, ben yoruldum."

"Seni biraz taşıyayım mı?"

Kucağıma almam için kollarını açtı ve onu bir süre taşıdım. Öf... kurşun gibi ağırdı. Progresso Sokağı'na ulaştığımızda nefes nefese kalma sırası bana gelmişti.

"Şimdi inip biraz yürü."

Kilisenin saati sekizi vurdu.

"N'apacağız şimdi? Yedi buçukta orada olmalıydık. Ama zararı yok, kalabalık olsa da oyuncaklar fazlasıyla yeter. Koca bir kamyon dolusu oyuncak var."

"Zezé, ayağım acıyor."

Eğildim.

"Ayakkabının bağını biraz gevşeteceğim, birazdan geçer."

Hızımız giderek azalıyordu. Henüz çarşının oraya bile gelememiştik. Daha bir de okulun yanından geçip sağa, Bangu Kumarhanesi'nin sokağına sapacaktık. En fenası da zamanın kasten uçarcasına geçmesiydi.

Yorgunluktan ölmüş halde oraya ulaştık. Kimse yoktu. Kısa bir süre önce burada oyuncak dağıtıldığına inanmak güçtü. Ama dağıtılmış olmalıydı, çünkü sokak buruşuk paket kâğıtlarıyla doluydu. Yerler rengârenk kâğıt parçalarıyla kaplanmıştı.

Huzurum kaçmaya başladı.

Kumarhanenin önüne geldiğimizde kapıcı Coquinho Efendi kepenkleri indirmekteydi.

Nefesimi zor toparlayarak sordum:

"Coquinho Efendi, her şey bitti mi?"

"Bitti, Zezé. Çok geç kaldınız. Bir insan seli gelip geçti."

Kapıyı tutup tatlılıkla gülümsedi.

"Geriye hiçbir şey bırakmadılar. Yeğenlerime bile bir şey kalmadı."

Kapıyı tamamen kapatıp sokağa çıktı.

"Seneye artık, ama daha erken gelmelisiniz, uykucular sizi!"

"Zararı yok."

Bal gibi de vardı. Öyle üzgündüm, öyle altüst olmuştum ki bu ânı yaşamaktansa ölmeyi tercih ederdim.

"Gel şuraya oturalım. Biraz dinlenmeliyiz."

"Ben susadım, Zezé."

"Rozemberg Efendi'nin oradan geçerken bir bardak su isteriz. İkimize yeter."

Başımıza gelen faciayı ancak o zaman idrak etti. Hiçbir şey demedi. Bana bakıp dudaklarını sallandırdı ve gözleri doldu.

"Zararı yok, Luís. Hani atım var ya, Ay Işığı, hatırladın mı? Totoca'ya söylerim, sopasını değiştirir, sana Noel Baba'nın hediyesi olur."

Luís burnunu çekmeye başlamıştı bile.

"Yok, yapma böyle. Sen bir kralsın. Kral adı olduğu için babam adını Luís koymuş. Sokağın ortasında, herkesin önünde ağlamak bir krala hiç yakışmaz, anladın mı?"

Başını göğsüme yaslayıp lüle lüle saçlarını okşadım.

"Büyüdüğümde tıpkı Manuel Valadares Efendi'ninki gibi güzel bir araba satın alacağım. Hani şu Portekizlinin arabası, hatırladın mı? Bir seferinde istasyonun orada Mangaratiba'ya el salladığımız sırada yanımızdan geçmişti... İşte aynı onun gibi koca bir araba alıp içini hediyeyle dolduracağım, sırf senin için... Ama sakın ağlama, krallar ağlamaz."

Yüreğim müthiş bir burukluk hissiyle dolup taştı.

"Yemin ediyorum, alacağım. Gerekirse çalıp çırpmaya çekinmem..."

Bunları söyleyen içimdeki küçük kuşum değildi. Yüreğim olmalıydı.

Başka yolu yoktu. Bebek İsa beni neden sevmiyordu? Doğduğu sırada orada bulunan öküzle eşeği bile seviyordu. Beni ise hiç sevmiyordu. Şeytanın vaftiz evladı olduğum için benden intikam alıyordu. Ama Luís bunu hak etmiyordu, çünkü bir melekten farksızdı. Cennette bile ondan daha iyi huylu bir melek bulunamazdı...

Derken gözyaşlarım kalleşçe dökülmeye başladı.

"Zezé, sen ağlıyorsun..."

"Birazdan geçer. Ne de olsa ben senin gibi kral değilim. Yaramazın tekiyim. Kötü, hem de çok kötü bir çocuğum... o kadar."

* * *

"Totoca, yeni eve bir daha gittin mi?"

"Yok. Sen gittin mi?"

"Önünden her geçtiğimde uğruyorum."

"Niye ki?"

"Minguinho iyi mi değil mi, görmek için."

"Minguinho da neyin nesi?"

"Benim şeker portakalı fidanımın ismi."

"Sahiden yakışan bir isim seçmişsin. Böyle şeyler bulmakta üstüne yoktur zaten."

Güldü ve Ay Işığı'nın yeni gövdesine dönüşecek sopayı yontmayı sürdürdü.

"İyi mi peki?"

"Hiç büyümedi."

"Habire bakarsan büyümez tabii. Nasıl, güzel oldu mu? Sapı böyle beğendin mi?"

"Beğendim. Totoca, sen her şeyi yapmayı nereden öğrendin, ha? Kafes yapıyorsun, kümes yapıyorsun, çit yapıyorsun, bahçe kapısı..."

"Çünkü herkes papyonlu şair olmak için doğmuyor. Sen de gerçekten istiyorsan bir gün öğrenebilirsin."

"Pek sanmam. Böyle şeyleri öğrenebilmek için 'yatkın' olmak lazım."

Bir an durdu ve Edmundo Dayı'dan kaptığımı tahmin ettiği bu yeni sözcüğü küçümsercesine gülümseyerek suratıma baktı.

Mutfakta, Dindinha şarapta ıslattığı ekmekleri yumurtaya bulayıp kızartmaktaydı. Noel'deki akşam yemeğimiz buydu. Bütün yemeğimiz buydu.

Totoca'ya döndüm: "Ne yapalım, bunu bile bulamayan insanlar var. Şarabın parasını Edmundo Dayım verdi, artanıyla da yarın öğle yemeğinde salata yapmak için meyve alacağız."

Totoca elindeki işi karşılıksız olarak yapıyordu, çünkü Bangu Kumarhanesi'nin orada olanları duymuştu. En azından Luís hediyesiz kalmayacaktı. Eski ve yıpranmış olsa da çok güzel ve çok sevdiğim bir şeydi.

"Totoca."

"Söyle."

"Acaba Noel Baba bize hiç ama hiçbir hediye getirmeyecek mi?"

"Sanırım getirmeyecek."

"Doğruyu söyle, sence ben herkesin dediği kadar kötü ve yaramaz mıyım?"

"Kalbin kötü değil. Ama kanında şeytanlık var."

"Noel gününde böyle olmamayı öyle isterdim ki! Ölmeden önce, hayatta bir kez bile olsa benim için Bebek Şeytan yerine Bebek İsa'nın doğmasını çok isterdim!"

"Gelecek seneye artık... Neden ders alıp benim gibi yapmıyorsun?"

"Ne yapıyorsun ki?"

"Hiçbir şey beklemiyorum. Böylece hayal kırıklığına uğramıyorum. Zaten Bebek İsa herkesin dediği kadar harika bir şey de değil. Papaz efendinin söylediğine göre İncil'de bile öyle demiyormuş..."

Bir an durdu, düşüncelerinin geri kalanını söylemek konusunda kararsızdı.

"Doğrusu nedir peki?"

"Diyelim ki sen sahiden çok azgınlık yaptın, hediyeyi hak etmedin. Peki ya Luís?"

"O bir melek."

"Ya Glória?"

"O da."

"Ya ben?"

"Şey, sen bazen... bazen... eşyalarımın üstüne yatıyorsun, ama çok iyi kalplisin."

"Ya Lalá?"

"Eli çok ağır ama iyi kalpli. Bir gün papyonumu o dikecek."

"Ya Jandira?"

"Jandira nasıl biliyorsun ama kötü kalpli değil."

"Ya annem?"

"Annem çok iyi kalpli; bana vururken üzülüyor ve hep yavaş vuruyor."

"Ya babam?"

"Ah! Onu bilemiyorum. Şansı bir türlü yaver gitmiyor. Galiba o da küçükken benim gibi ailenin belalısıymış."

"İyi işte. Ailedeki herkes iyi kalpli. Öyleyse Bebek İsa bize niye iyi davranmıyor? Dr. Faulhaber'in evine git bak, sofrası çeşit çeşit yemek dolu. Villas-Bôas'larınki de aynı şekilde. Dr. Adaucto Luz'un sofrasından hiç bahsetmeyeyim..."

O güne dek ilk kez Totoca'nın gözlerinin dolduğunu gördüm.

"İşte bu yüzden, bence Bebek İsa sırf dikkat çekebilmek için fakir doğdu. Sonra bir tek zenginlerden hayır geldiğini gördü... Ama bu konuyu artık kapatalım. Söylediklerim yüzünden büyük günaha girmiş bile olabilirim."

Öyle canı sıkılmıştı ki daha fazla konuşmak istemedi. Gözlerini zımparalamaya başladığı attan ayırmayı bile istemedi.

* * *

Öyle hüzünlü bir Noel yemeği oldu ki insan hatırlamak dahi istemiyor. Herkes çıt çıkarmadan yedi ve babam yumurtalı ekmeğin sadece ucundan tadına baktı. Sakalını tıraş etmeyi falan da istememişti. Noel ayini için kiliseye de gitmediler. En fenası da kimsenin kimseyle konuşmamasıydı. Gören de bunu Bebek İsa'nın doğum değil ölüm gecesi sanacaktı.

Babam şapkasını alıp dışarı çıktı. Ayağında takunyalarla, vedalaşmadan, kimseyi kutlamadan çıkıp gitti. Sanırım kimsenin bayramlaşmaya kalkışmamasının sebebi buydu. Dindinha mendilini çıkarıp gözlerini sildi ve Edmundo Dayımla beraber evine dönmek istediğini söyledi. Edmundo Dayı beş yüz kuruşluk bir bozukluğu benim elime tutuşturdu, bir bozukluğu da Totoca'nın eline. Belki daha fazla vermek isterdi ama parası yoktu. Ya da belki bizim yerimize şehirdeki çocuklarına vermek isterdi. İşte bu yüzden ona sarıldım. Noel gecesinin tek sarılışı belki de buydu. Kimse kucaklaşmadı, birbirine iyi dileklerde bulunmadı. Annem yatak odasına kapandı. Oraya kimseye görünmeden ağlamak için gittiğine eminim. Herkesin içinden aynı şeyi yapmak geliyordu. Lalá, Edmundo Dayımla Dindinha'yı bahçe kapısına kadar geçirdi ve ağır ağır uzaklaşmalarını izlerken şöyle dedi:

"Yaşamak için fazlasıyla yaşlanmış gibiler, her şeyden bıkmışlar sanki..."

En hüzünlüsü de kilise çanının ardından geceyi dolduran mutlu insan sesleriydi. Birkaç havai fişek atıldı, Tanrı başkalarının mutluluğunu görsün diye.

İçeri döndüğümüzde Glória ile Jandira bulaşıkları yıkamaya koyuldular. Glória'nın gözleri kıpkırmızıydı, deliler gibi ağlamışa benziyordu. Halini belli etmemeye çalışarak Totoca ile bana seslendi:

"Çocuklar, yatma vakti geldi."

Bunu derken bize baksa da artık biliyordu ki hepimiz çocukluğumuzu yitirmiştik. Hepimiz büyüktük, büyük ve hüzünlü, Noel sofrasında payımıza düşen hüznü mideye indirmiştik.

Belki de bütün suç, elektrik şirketinin kestirdiği ışığımız yerine yanan ölü gözü gazyağı lambasınındı. Belki de.

Mutlu olan tek kişi, parmağını emerek uyuyan küçük kralımdı. Tahta atını yanı başına koydum. Kendimi tutamadım, saçlarını hafifçe okşadım. Konuştuğumda sesim şefkatle dolup taşarak çıktı:

"Kuzucuğum benim."

Bütün ev karanlığa gömüldüğünde sesimi iyice alçaltıp sordum:

"Yumurtalı ekmek güzeldi, değil mi, Totoca?"

"Bilmem ki. Tadına bakmadım."

"Niye?"

"Gırtlağım düğümlendi, tek lokma yiyemedim... Şimdi uyuyalım. Uyuyup her şeyi unutalım."

Yattığım yerden kalktım, kalkarken yatağım gıcırdamıştı.

"Nereye gidiyorsun, Zezé?"

"Lastik ayakkabılarımı kapının önüne koyacağım."

"Hiç koyma. Böylesi daha iyi."

"Koyacağım işte. Kim bilir, belki de bir mucize olur. Totoca, aslında ben bir hediye istiyorum. Bir tanecik. Yeter ki yeni bir şey olsun. Sadece benim için..."

Totoca öbür yanına dönüp başını yastığın altına soktu.

* * *

Uyanır uyanmaz Totoca'ya seslendim.

"Gidip bakalım mı? Bence vardır."

"Ben olsam bakmazdım."

"Yine de bakacağım."

Odanın kapısını açıp ayakkabılarımın içinin boş olduğunu görünce hayal kırıklığına uğradım. Totoca gözlerini ovuşturarak yanıma geldi.

"Demedim mi?"

Karmakarışık hislere kapıldım. Aralarında nefret de vardı, isyan ve hüsran da. Kendimi tutamayarak haykırdım:

"Fakir bir babanın evladı olmak ne fena!"

Bakışlarımı ayakkabılarımdan hemen karşımda duran takunyalara kaydırdım. Babam dikilmiş bizi izlemekteydi. Gözleri müthiş bir kederle dolarak adeta şişmişti. O kadar büyümüş, ama o kadar büyümüşlerdi ki Bangu Sineması'nın perdesini boydan boya kaplayabilirlerdi. Bu gözlerde öyle ağır bir burukluk vardı ki istese bile ağlayamazdı. Geçmek bilmeyen bir dakika boyunca bizi süzdükten sonra ses çıkarmadan arkasını döndü. Taş kesilmiştik, hiçbir şey söyleyemedik. Şapkasını komodinin üstünden aldı ve yeniden sokağa çıktı. Totoca ancak o zaman koluma dokundu.

"Kötü kalplisin, Zezé. Yılan gibi kötüsün. İşte bu yüzden..."

Sustu, duygulanmıştı.

"Babamın orada olduğunu görmedim ki," dedim.

"Kötüsün. Kalpsizsin. Babamın uzun zamandır işsiz olduğunu biliyorsun. Dün gece boğazımdan lokma geçmemesi bu yüzdendi, onun yüzüne bakarak yiyemedim. Bir gün sen de baba olunca insanın böyle anlarda nasıl acı çektiğini anlayacaksın."

Bütün bunlar yetmezmiş gibi bir de ağlamaya başlamıştım.

"Ama onu görmedim ki, Totoca, görmedim..."

"Çekil şuradan. Gerçekten de kimseye bir faydan yok. Kaybol!"

İçimden sokağa fırlayıp hüngür hüngür babamın ayaklarına sarılmak geldi. Çok ama çok kötü bir çocuk olduğumu söyleyecektim. Ama yerimden kımıldamadım, ne yapacağımı bilmiyordum. Çaresizlikten yatağıma oturdum. Oturduğum yerden içleri bomboş olan ayakkabılarımı görebiliyordum. Onlar da oradan oraya savrulan yüreğim gibi bomboştular.

"Neden böyle bir şey yaptım, Tanrım? Tam da böyle bir günde. Her şey zaten hüzne boğulmuşken üstüne daha da yaramazlık yapmadan duramadım. Öğle yemeği saati geldiğinde babamın yüzüne nasıl bakacağım? Meyve salatası bile boğazıma dizilecek."

Sinema perdesi gibi kocaman gözleri aklımdan çıkmıyordu. Gözlerimi kapadığımda babamın koskoca gözlerini görüyordum...

Ayağımı sallarken topuğum boyacı sandığıma çarpınca aklıma bir fikir geldi. Belki de bu sayede babama bütün yaramazlıklarımı unutturmayı başarabilirdim.

Totoca'nın boyacı sandığını açtım ve sonradan geri vermek üzere bir kutu siyah boya aldım, çünkü benimki bitmek üzereydi. Kimseye bir şey söylemedim. Üzüntüden sandığımın ağırlığını bile hissetmeden evden çıktım. Her adımımda babamın gözlerine basıyordum sanki. Acımı gözlerinin içinde çekiyordum.

Vakit çok erkendi, Noel yemeği ve kilisedeki gece ayininin ardından herkes uyuyor olmalıydı. Sokak çocuk doluydu, yeni oyuncaklarını sergileyip kıyaslıyorlardı. Bunu görünce daha da fena oldum. Hepsi uslu çocuklardı. Benim yaptığım gibi bir şeyi hayatta yapmazlardı. Sefalet ve Açlık diye anılan bakkaliyeyle bar karışımı dükkânın orada durup bir müşterinin belirmesini bekledim. Mekân böyle bir günde bile kapılarını açmıştı. İsmini boşuna takmamışlardı. Galoşlu, terlikli, takunyalı insanlar girip çıkıyordu, ama ayakkabılı kimse yoktu.

Kahvaltı etmemiş olmama rağmen en ufak bir açlık hissetmiyordum. Hissettiğim ıstırap her türlü açlıktan beterdi. Progresso Sokağı'na kadar yürüdüm. Çarşının etrafından dolandım. Rozemberg Efendi'nin fırınının kaldırımına oturdum ama hiç müşteri çıkmadı.

Saatler saatleri kovaladı ve tek bir müşteri bile bulmayı başaramadım. Ama başarmak zorundaydım. Mecburdum.

Hava daha da ısınıp sandığımın askısı omzumu acıtmaya başlayınca habire omuz değiştirmem gerekti. Susayınca çarşıdaki çeşmeden su içtim.

Okulun girişindeki basamaklara oturdum, yakında ben de buranın öğrencisi olacaktım. Sandığımı yere koydum, moralim bozulmuştu. Başımı bir kukla gibi dizlerime dayadım, içimden hiçbir şey yapmak gelmiyordu. Sonra yüzümü dizlerimin arasına gizleyip tortop oldum. Eve eli boş dönmektense ölmeyi tercih ederdim.

Tam o sırada bir ayak sandığımı dürttü ve tanıdık, dostane bir ses bana seslendi.

"Hey, boyacı, uyuyana para yok."

Başımı kaldırdım, inanamıyordum. Karşımdaki, kumarhanenin kapıcısı Coquinho Efendi'ydi. Sandığıma yerleştirdiği ayağını önce bezle sildim. Sonra ıslatıp kuruttum. Sonra da boyayı özenle sürmeye başladım.

"Paçanızı biraz kaldırabilir miydiniz, lütfen?"

Ricamı yerine getirdi.

"Bugün çalışıyorsun ha, Zezé?"

"Çalışmaya hiç bu kadar ihtiyaç duymamıştım."

"Noel nasıl geçti?"

"Normal."

Fırçamla sandığı tıklattığımda ayağını değiştirdi. Aynı işlemleri öbür ayak için de tekrarladıktan sonra cilalamaya başladım. Bitince sandığı tıklattım ve ayağını çekti.

"Borcum ne, Zezé?"

"İki yüz kuruş."

"Niye o kadar az? Herkes dört yüze boyuyor."

"Bir gün iyi bir boyacı olursam o kadar isterim. Henüz olmaz."

Cebinden beş yüz kuruş çıkardı ve bana verdi.

"Daha sonra ödemek ister misiniz? Henüz para kazanamadığım için üstünü veremiyorum."

"Üstü sende kalsın, Noel bahşişi. Hadi görüşürüz."

"Mutlu Noeller, Coquinho Efendi."

Belki de üç gün önce olanları hatırlayarak ayakkabısını boyatmaya bana gelmişti.

Cebimdeki para moralimi biraz düzeltse de bu fazla sürmedi; saat öğlen ikiyi geçmiş, sokaktaki insan sayısı artmıştı, ama hiç müşteri yoktu. Tek bir bozukluk karşılığında ayakkabısının tozunu aldırmak isteyen bile çıkmamıştı.

Rio-São Paulo Otoyolu'nun kenarındaki direklerden birinin orada durdum ve arada sırada incecik sesimi yükselterek bağırmaya başladım.

"Boyacı geldi, beyler! Boyacı geldi! Noel'de fakiri sevindirin!"

Biraz ötede bir zengin arabası durdu. Hiçbir ümidim olmasa da şansımı denemek için bağırdım.

"Sizin de katkınız olsun, efendim! Noel'de fakiri sevindirin!"

Arabadaki iyi giyimli bir hanımla arka koltuktaki iki çocuk gözlerini üstüme dikip beni izlemeye koyuldular. Kadın duygulanmıştı.

"Zavallıcık, öyle küçük, öyle fakir ki. Bir şeyler versene, Artur."

Adam ise beni şüpheyle süzdü.

"Uyanığın teki bu ya, hiç kanma. Boyu küçük diye bayramı fırsat bilip açıkgözlük ediyor."

"Yine de bir şey vereceğim. Gel bakayım ufaklık."

Çantasını açıp elini camdan dışarı uzattı.

"Yok, hanımefendi, teşekkür ederim. Ben yalan söylemiyorum. Gerçekten ihtiyaç duymayan kimse Noel'in ertesi gününde çalışmaz."

Sandığımı kaldırıp omzuma astım ve yavaş adımlarla uzaklaşmaya başladım. Artık öfkelenmeye bile halim kalmamıştı.

Fakat arabanın kapısı açıldı ve küçük bir oğlan bana doğru koşmaya başladı.

"Al bakalım. Annem senin yalancı olduğuna inanmıyormuş, söylememi istedi."

Cebime beş yüz kuruş sokuşturdu ve teşekkür etmemi bile beklemeden arabaya döndü... Tek duyabildiğim motorun uzaklaşan gürültüsü oldu.

Evden çıkmamın üzerinden dört saat geçmesine rağmen babamın gözleri hâlâ yakamdan düşmemişti.

Dönüşe geçtim. Alacağım şey için on lira yetmezdi, ama belki Sefalet ve Açlık'ta indirim yapar ya da kalanını başka bir gün ödememe izin verirlerdi.

Yol kenarındaki çitin dibinde bir şey dikkatimi çekti. Siyah bir külotlu çoraptı ve delinmişti. Eğilip yerden aldım. Elime geçirip gerince incecik oldu. "Bundan güzel bir yılan olur," diye düşünerek sandığıma koydum. Bir yandan da kendime karşı çıktım: "Başka gün. Bugün hayatta olmaz..."

Villas-Bôas'ların evinin oradan geçiyordum. Evin büyük bir bahçesi vardı ve zemini betondu. Serginho güzel bir bisikletin tepesinde, çiçek tarhlarının arasında gidip geliyordu. Yüzümü parmaklıklara dayayıp izlemeye koyuldum.

Bisikleti kıpkırmızıydı, arada sarılı mavili çizgileri vardı. Metal aksamı öyle parlaktı ki insanın gözü kamaşıyordu. Serginho beni görünce hava atmaya başladı. Hızlanıp aniden dönüyor, fren yapıp lastiklerini öttürüyordu. Derken yanıma geldi.

"Beğendin mi?"

"Dünyanın en güzel bisikleti bu."

"Bahçe kapısının oraya gelirsen daha iyi görebilirsin."

Serginho, Totoca'yla yaşıttı ve aynı sınıftaydılar.

Yalınayak olduğum için utandım, çünkü Serginho' nun ayağında rugan ayakkabılar vardı, bembeyaz çorapları kırmızı lastik askılarla tutturulmuştu. Ayakkabının cilası öyle parlaktı ki her şeyi yansıtıyordu. Yansımada babamın gözlerini bile gördüğümü sandım. Zorlukla yutkundum.

"N'oldu, Zezé? Sende bir tuhaflık var."

"Hiç. Yakından daha güzelmiş. Noel hediyesi mi?"

"Öyle."

Daha rahat konuşabilmek için bisikletten indi ve bahçe kapısını açtı.

"Bir sürü hediye geldi. Bir pikap, üç takım elbise, bir sürü masal kitabı, en büyüğünden bir kutu boya kalemi. İçinde türlü türlü oyunlar bulunan bir kutu, pervanesi dönen bir uçak. Beyaz yelkenli iki tekne..."

Başımı önüme eğdim ve Totoca'nın dediğini hatırladım, Bebek İsa sadece zenginleri seviyordu.

"N'oldu, Zezé?"

"Hiç."

"Ya sen... Çok hediye aldın mı?"

Başımı olumsuz anlamda salladım, başka cevap veremedim.

"Nasıl, hiç mi? Hiç mi hediye gelmedi?"

"Bu yıl evde Noel kutlaması yapmadık. Babam hâlâ işsiz."

"Olacak şey değil. Kestane ve fındık bile mi yemediniz, şarap da mı yoktu?.."

"Bir tek Dindinha'nın yaptığı yumurtalı ekmek vardı, bir de kahve."

Serginho düşüncelere daldı.

"Zezé, seni bize davet etsem kabul eder misin?"

Davetinin amacını anlamıştım. Ama hiçbir şey yememiş olmama rağmen canım istemiyordu.

"Gel, içeri gidelim. Annem sana bir tabak hazırlar. Bir sürü şey var, bir sürü tatlı..."

Cesaret edemiyordum. Son zamanlarda çok çekmiştim. Kim bilir kaç kez duymuştum, çocuklarını, "Sana kaç kez demedim mi, eve sokaktan kimseyi çağırmak yok!" diye paylayan anneleri.

"Yok, çok teşekkürler," dedim.

"Peki. Ya anneme söylesem, sana bir paket hazırlayıp içine kestaneler falan koysa, küçük kardeşine götürsen?"

"O da olmaz. Daha çalışmam lazım."

Serginho boyacı sandığımın üstünde oturduğumu ancak o zaman fark etti.

"İyi de Noel'de kimse ayakkabı boyatmaz ki..."

"Bütün gün müşteri beklesem de ancak on lira kazanabildim, hem de yarısı sadaka. İki lira daha kazanmam lazım."

"Ne için, Zezé?"

"Söyleyemem. Ama mutlaka kazanmam lazım."

Serginho gülümsedi, aklına cömert bir fikir gelmişti.

"Benimkini boyamak ister misin? Sana on lira veririm," dedi.

"O da olmaz. Arkadaşlarımdan para alamam."

"Peki ya iki yüz kuruşu sana doğrudan, yani ödünç versem?"

"Hemen geri veremezsem de olur mu?"

"Nasıl istersen. Hatta misketle bile ödeyebilirsin."

"O zaman tamam."

Elini cebine soktu ve çıkardığı parayı bana uzattı.

"Hiç merak etme, bana bir sürü para geldi. Kumbaram ağzına kadar doldu."

Elimi bisikletin tekerleğinde gezdirdim.

"Sahiden de güzelmiş."

"Büyüyüp binmeyi öğrendiğinde sana bir tur veririm, tamam mı?"

"Tamam."

* * *

Boyacı sandığımı sallaya sallaya Sefalet ve Açlık'a doğru sevinçli bir koşu tutturdum.

Kasırga gibi içeri daldım, kapanmak üzere olduğunu zannederek korkmuştum.

"Sizde hâlâ şu pahalı sigaradan var mı?"

Adam avucumdaki parayı görünce rafa uzanıp iki paket aldı.

"Sen içmeyeceksin, değil mi Zezé?"

Arkadan birinin sesi duyuldu:

"Olur mu hiç! Bacak kadar çocuk!"

Adam arkasını dönmeden karşılık verdi.

"Sen bu müşteriyi tanımıyorsun tabii. Öyle haylazdır ki, her şey beklenir."

"Babama alıyorum."

Paketleri elimde evirip çevirirken müthiş bir mutluluk duydum.

"Bu mu, yoksa bu mu?" diye sordum.

"Sen bilirsin."

"Babama bu Noel hediyesini alabilmek için bütün gün çalıştım."

"Sahiden mi Zezé? O sana ne hediye verdi?"

"Yazık, hiçbir şey veremedi. Bildiğiniz gibi hâlâ işsiz."

Adam bunu duyunca duygulandı, ötekilerin de sesi kesilmişti.

"Siz olsaydınız hangisini isterdiniz?" diye sordum.

"İkisi de güzel. Zaten böyle bir hediye her babayı memnun eder."

"Şunu alayım, lütfen kâğıda sarabilir misiniz?"

Sardı ama paketi bana uzatırken yüzünde tuhaf bir ifade belirdi. Bir şey demek isteyip de diyemiyormuş gibi bir hali vardı.

Parayı uzatıp gülümsedim.

"Teşekkürler, Zezé."

"Size mutlu Noeller..."

Yine koşar adım eve döndüm.

Bu arada hava kararmıştı. Gazyağı lambasının ışığı sadece mutfağı aydınlatıyordu. Herkes dışarı çıkmıştı, babamsa masaya oturmuş, gözlerini boş duvara dikmişti. Yüzünü avucuna, dirseğiniyse masaya dayamıştı.

"Babacığım."

"N'oldu, yavrum?"

Sesinde en ufak bir dargınlık dahi sezilmiyordu.

"Bütün gün nerelerdeydin?"

Boyacı sandığımı gösterdim.

Sandığı yere bıraktım ve elimi cebime sokup paketi çıkardım.

"Bakın, babacığım, size güzel bir şey aldım."

Gülümsedi, elimdekinin kaça mal olduğunu tahmin edebiliyordu.

"Beğendiniz mi? En güzeli buydu."

Paketi açıp kokusunu içine çekti, gülümsese de bir şey demeyi başaramadı.

"Bir tane için, babacığım."

Fırının oraya gidip kibrit kutusunu aldım. Bir kibrit yakarak ağzındaki sigaraya yaklaştırdım.

Çekeceği ilk nefesi izlemek için biraz geriledim. Derken içim bir tuhaf oldu. Sönük kibriti yere attım. İçimde bir şeylerin kabardığını hissettim. Adeta patlıyordum. Bütün gün yakamdan düşmeyen acı patlayıp yok oluyordu.

Babama baktım. Sakalları uzamış yüzüne, gözlerine.

Tek söyleyebildiğim, "Babacığım... Babacığım..." oldu.

Gözyaşları ve hıçkırıklar sesimi bastırdı.

Babam kollarını açıp beni şefkatle kucağına aldı.

"Ağlama yavrum. Böyle duygusal bir çocuk olursan hayatta daha çok ağlarsın..."

"Hiç istemezdim, babacığım... Size öyle demek istemezdim..."

"Biliyorum. Biliyorum. Kızmadım, çünkü aslında haklıydın."

Beni daha da sıkı kucakladı.

Sonra çenemi kaldırdı ve yakındaki bir mutfak bezini alıp gözlerimi kuruladı.

"Böyle daha iyi."

Ellerimi kaldırıp yüzünü okşadım. Parmaklarımı hafifçe gözlerine sürüp onları yerlerine geri koymaya, o büyük perdeden ayırmaya çalıştım. Böyle yapmazsam bu gözlerin ömür boyu peşimi bırakmayacağından korkuyordum.

"Hadi, şu sigaramı bitireyim."

Daha da duygulandım ve kekeleyerek konuştum:

"Biliyor musunuz babacığım, bundan böyle bana vurmak isterseniz hiç yakınmayacağım... İstediğiniz zaman vurabilirsiniz..."

"Tamam. Tamam, Zezé."

Sonra beni yere bıraktı, hâlâ biraz hıçkırıyordum. Dolaba gidip bir tabak çıkardı.

"Glória sana biraz meyve salatası ayırmıştı."

Boğazımdan geçmiyordu. Babam oturup kaşıkla bana yedirmeye başladı.

"Artık geçti, değil mi yavrum?"

Başımı evet anlamında sallasam da aldığım ilk kaşıklar ağzımda tuzlu bir tat bıraktı. Ağlamam kolay kolay geçmeyecekti.

Dördüncü Bölüm

Küçük kuş, okul ve çiçek

Yeni bir ev. Yeni bir hayat ve sade ümitler, sadece ümitler.

İşte oradaydım, at arabasının tepesinde, Aristides Efendi ile yardımcısının yanında, güneşli bir gün gibi neşeliydim.

Asfaltsız yoldan ayrılıp Rio-São Paulo Otoyolu'na sapınca adeta bir mucize gerçekleşti ve at arabası kayarcasına, keyifle ilerlemeye başladı.

Yanımızdan güzel bir araba geçti.

"İşte Portekizli Manuel Valadares'in arabası," dedim.

Açudes Sokağı'nın köşesinden geçerken uzaklardan gelen bir düdük sesi sabah sessizliğini doldurdu.

"Bakın, Aristides Efendi. İşte Mangaratiba."

"Senin de bilmediğin şey yok, değil mi?"

"Düdüğünden tanırım."

Eşeğin toynakları yolda tok tok diye sesler çıkarmaktaydı. Arabanın yeni olmadığı belliydi. Tam tersine çok eskiydi. Ama hem sağlamdı hem de ucuz. İki tur daha gelip giderek bütün ıvır zıvırımızı taşımış olacaktı. Arabanın eşeği pek güven vermiyordu. Yine de iltifat etmeye karar verdim.

"Arabanız pek güzelmiş, Aristides Efendi."

"İş görüyor."

"Eşeğiniz de güzelmiş. Adı nedir?"

"Çingene."

Laflamayı pek istemediği belliydi.

"Bugün benim için sevinçli bir gün. Hayatımda ilk kez at arabasına biniyorum. Üstelik hem Portekizlinin arabasına rastladım hem de Mangaratiba'nın düdüğünü duydum."

Sessizlik. Karşılık gelmedi.

"Aristides Efendi, Brezilya'nın en önemli treni Mangaratiba mı?"

"Hayır. Ama bu hattın en önemlisi o."

Sahiden de konuşturamayacaktım. Büyükleri anlamak bazen ne kadar da zordu!

Evin önüne geldiğimizde anahtarı ona uzattım ve nezaket göstermeye çalıştım...

"Yardım edebileceğim bir şey olur mu dersiniz?"

"Dibimizde durup ayak bağı olma yeter. Git oyna, döneceğimiz zaman sana sesleniriz."

Böylece yanlarından ayrıldım.

"Minguinho, bundan böyle hep yan yana olacağız. Seni öyle güzel süsleyeceğim ki bütün ağaçları geride bırakacaksın. Biliyor musun, Minguinho, ben biraz önce büyük mü büyük, rahat mı rahat bir arabaya bindim, tıpkı filmlerdeki posta arabaları gibiydi. Bak, artık öğrendiğim her şeyi gelip sana anlatacağım, tamam mı?"

Derenin oradaki otlara yaklaştım ve akan kirli suya baktım.

"Hani geçen gün anlaşmıştık, bu nehrin ismi ne olacaktı?"

"Amazon."

"Aynen öyle. Amazon Nehri. Biraz aşağısı vahşi yerlilerin kanolarıyla dolu olmalı, değil mi, Minguinho?"

"Hiç sorma. Kesin öyledir."

Daha yeni konuşmaya başlamıştık ki Aristides Efendi seslenerek evi kapadığını, dönüş vaktinin geldiğini haber verdi.

"Burada mı kalacaksın yoksa bizimle mi dönersin?"

"Kalacağım. Zaten annemle ablalarım yola çıkmışlardır, birazdan gelirler."

Böylece evde kaldım ve incelenmedik köşe bırakmadım.

* * *

Başlarda, belki nezaket olsun diye ya da belki komşular üstünde iyi bir izlenim bırakmak istediğimden, uslu duruyordum. Derken bir gün siyah külotlu çorabın içini doldurdum. Üst tarafını iple bağlayıp ayakucunu kestim. Sonra, kestiğim uca bir misina bağladım. Uzakta durup hafifçe çekiştirdiğimde bir yılanı andırıyordu, karanlıkta iyi iş görecekti.

Akşamları herkes kendi meşgalesine dalıyordu. Görünüşe bakılırsa yeni ev herkesin ruh halini değiştirmişti. Ailemizde uzun süredir görülmemiş bir mutluluk havası esiyordu.

Bahçe kapısına çıkıp beklemeye koyuldum. Sokağı aydınlatan tek tük sokak lambaları, bahçe kenarlarındaki yüksek çalıların gölgelerini yere seriyordu. Fabrikada fazla mesai yapanlar olmalıydı ve bunlar saat sekizden sonraya kalmazlardı. Dokuzdan sonraya kaldıkları ise nadir görülürdü. Bir süre fabrikayı düşündüm. Onu hiç sevmiyordum. Sabahki hüzünlü düdüğü akşamüstü saat beşte daha da fena gelirdi kulağıma. Fabrika bir ejderhaydı; her sabah insanları yutan, akşamlarıysa yorgun insanlar kusan bir ejderha. Mr. Scottfield'in babama yaptığı da fabrikayı sevmemem için bir başka sebepti...

Aman! Uzaktan bir kadın geliyordu. Kolunun altında bir şemsiye, elindeyse çantası vardı. Takunyalarının takırtısı şimdiden duyuluyordu.

Hemen bahçe kapısının ardına saklandım ve yılana bağladığım misinayı denemek için çekiştirdim. Sağlamdı.

Her şey hazırdı. Bahçe çitinin gölgesine iyice sokuldum ve misinayı sımsıkı kavradım. Takunyalar yaklaşmaktaydı, daha da yaklaştılar, yaklaştılar ve hop! Yılanın misinasını çekmeye başladım. Yavaşça kayarak sokağa çıktı.

Derken hiç beklemediğim bir şey oldu. Kadın öyle bir çığlık attı ki bütün sokağı uyandırdı. Çantasını bir yana, şemsiyesini öbür yana atıp ellerini karnına götürdü ve bağırmayı sürdürdü.

"İmdat! İmdat! Yetişin, yılan var! Kurtarın beni!"

Kapılar açılmaya başlayınca her şeyi bırakıp eve koştum ve mutfağa daldım. Kirli çamaşır sepetinin kapağını kaldırıp içine girdim ve kapağı üstüme kapadım. Kalbim korkudan gümbür gümbür atmaktaydı, hâlâ kadının çığlıklarını duyabiliyordum.

"Aman Tanrım! Altı aylık bebeğimi düşüreceğim!"

Bunu duyunca ürpermekle kalmadım, titremeye de başladım.

Kadını komşulardan birinin evine aldılar ama hıçkırıklar ve yakınmalar dinmedi.

"Dayanamıyorum, dayanamıyorum! Aksi gibi en çok da yılandan korkarım!"

"Şu portakal çiçeği suyundan bir yudum al. Sakinleş. İçin rahat olsun, erkekler sopayı baltayı kuşandılar, yanlarına bir de fener alıp yılanın peşine düştüler."

Alt tarafı çoraptan bir yılan için amma yaygara koparmışlardı! Asıl fenası, bizimkiler, yani Jandira, annem ve Lalá da olan biteni görmek için oraya gitmişlerdi.

"Yılan değilmiş ki ya! Eski bir külotlu çorapmış!"

Telaşa kapılıp kaçınca "yılan"ı geride bırakmıştım. Ayvayı yemiştim.

Yılanın bağlı olduğu misinanın ucu bizim bahçeye kadar uzanıyordu.

Gayet iyi tanıdığım üç ses aynı anda yükseldi:

"O yapmış!"

Aradıkları artık yılan değildi. Yatakların altına baktılar. Hiçbir şey bulamadılar. Yakınımdan geçtiklerinde nefesimi tuttum. Kulübenin oraya bakmak için dışarı çıktılar.

Derken Jandira'nın aklına bir fikir geldi:

"Galiba biliyorum!"

Sepetin kapağını kaldırdı ve kulaklarımdan çeke çeke beni yemek odasına götürdü.

Annem bu kez sert vurdu. Terliğiyle canıma okudu, hem acımı hafifletmek hem de bana vurmayı bırakması için feryat etmek zorunda kaldım.

"Haşarı seni! Karnında altı ay bebek taşımak nedir bilmezsin tabii!"

Lalá dalgasını geçti:

"Zaten bu sokakta siftah yapmakta geç bile kalmıştı!"

"Şimdi doğru yatağa, haylaz seni."

Kıçımı sıvazlayarak yanlarından ayrıldım ve yüzüstü yatağıma uzandım. Neyse ki babam kâğıt oynamaya çıkmıştı. Karanlıkta yattığım yerde hıçkırıklarımı yuttum ve dayaktan sonra insana en iyi gelen merhemin yatak olduğunu düşündüm.

* * *

Ertesi gün erkenden kalktım. Yapmam gereken iki önemli şey vardı: Öncelikle, çaktırmadan dışarı göz atacaktım. Yılan hâlâ bıraktığım yerdeyse onu alıp gömleğimin içine saklayacaktım. Başka yerde işime yarayabilirdi. Ama yerinde değildi. Yılana onun kadar benzeyen bir çorap daha bulmam zor olacaktı.

Arkamı dönüp Dindinha'nın evinin yolunu tuttum. Edmundo Dayımla konuşmam lazımdı.

Emekliler için erken bir saat olduğunun farkında olsam da içeri girdim. Fakat dayım henüz gazetesini almaya ya da hayvanlı tombala oynamaya, yani kendi deyimiyle "talih kuşunu kovalamaya" çıkmamıştı.

Salonda oturmuş iskambil falı açıyordu.

"Gününüz aydın olsun, dayıcığım!"

Karşılık vermedi. Sağır numarası yapıyordu. Evdekilerin söylediğine göre, dayım konuşmak istemediğinde bu yola başvururdu.

Ama bana böyle davranmayacağını biliyordum. Hatta (hatta kelimesini pek seviyordum), ben konuştuğumda sağırlığının geçtiği bile söylenebilirdi. Gömleğinin kolundan çektim ve siyah beyaz kareli pantolon askısını her zamanki gibi şık buldum.

"Ah! Demek sensin..."

Beni az önce görmemiş numarası yapıyordu.

"Bu falın adı nedir, dayıcığım?"

"Saat falı."

"Çok güzelmiş."

İskambildeki bütün kâğıtları tanıyordum. Aralarında sevmediğim bir tek vale vardı. Neden bilmiyorum ama valeleri kralın hizmetkârlarına benzetirdim.

"Şey, dayıcığım, sizinle bir mesele hakkında konuşmaya geldim."

"Birazdan bitiriyorum, bitince konuşuruz."

Çok geçmeden kâğıtları toparlayıp karıştırdı.

"Açabildiniz mi?"

"Hayır."

Kâğıtları deste halinde kenara koydu.

"Bak Zezé, eğer senin 'mesele' para meselesiyse," –parmaklarını birbirine sürttü– "bende beş para yok."

"Misket almak için bozukluk bile mi yok?"

Gülümsedi.

"Küçük bir bozukluğum vardır belki, kim bilir?"

Tam elini cebine sokacakken onu durdurdum.

"Dalga geçiyorum, dayıcığım, isteyeceğim o değildi."

"Nedir peki?"

Dayımın benim "akıl küpü" tavırlarıma pek bayıldığını biliyordum, kimse öğretmeden okumayı söktüğümden beri aramız daha da iyi olmuştu.

"Bilmek istediğim çok önemli bir şey var. Siz şarkı söylemeden şarkı söylemeyi becerebilir misiniz?"

"Tam anlayamadım."

"Böyle," dedim ve "Minik Kulübe"den birkaç dize mırıldandım.

"İyi de bu yaptığın şarkı söylemek değil mi?"

"Öyle ama dediğim başka. Ben aynı şeyi dışımdan söylemeden de yapabiliyorum."

Ayıp olmasın diye gülse de nereye varmak istediğimi anlayamamıştı.

"Bakın, dayıcığım, ben küçücük bir çocukken içimde küçük bir kuş olduğunu ve şarkılar söylediğini zannederdim. Şarkıları o söylerdi."

"Bak sen. Böyle küçük bir kuşa sahip olman harika."

"Anlamadınız. Demek istediğim, ben artık küçük kuşumun varlığından şüphe duymaya başladım. Küçük kuşum gerçek değilse içimdeki bu konuşan ve etrafı gören şey nedir ki?" Demek istediğimi anlamıştı; şaşkınlığıma güldü.

"İstersen açıklayayım, Zezé. Neden böyle, biliyor musun? Artık büyüdüğün için. Büyüyünce de şu duyup etrafı gördüğünü söylediğin şeye bilinç denir. Sen bilinçlendikçe bir şey olacak, nedir hatırlıyor musun, bir seferinde söylemiştim..."

"Aklım mı erecek?"

"Ne güzel hatırladın. İşte o zaman bir mucize gerçekleşir. Bilincimiz büyür, büyür ve hem kafamızı hem kalbimizi tamamen ele geçirir. Gözlerimizde ve yaptıklarımızda belli eder kendini."

"Anladım. Peki ya küçük kuş?"

"Küçük kuşu Tanrı yaratmış, çocuklara dünyayı keşfederken yardımcı olsun diye. Küçük kuşa daha fazla ihtiyaç duymayan çocuklar onu Tanrı'ya iade ederler. Tanrı da senin gibi akıllı çocuklara verir. Hoş değil mi?"

Güldüm, mutluydum; çünkü artık bir "bilincim" vardı.

"Evet. Ben artık gideyim," dedim.

"Parayı istemiyor musun?"

"Bugün değil. Daha bir sürü işim var."

Zihnim düşüncelerle dolup taşarak dışarı çıktım. Ama bir şeyi hatırlayınca çok üzüldüm. Totoca'nın güzel mi güzel minicik bir ispinoz kuşu vardı. Öyle tatlıydı ki yemini değiştirirken Totoca'nın parmağına çıkardı. Kapısı açık kalsa bile kaçmazdı. Bir gün Totoca onu dışarıda, güneşin altında unutmuş ve güneşin sıcağı kuşu öldürmüştü. Totoca'nın onu eline alıp ağladığını hatırlıyordum; ölü kuşu yanağına bastırıp hüngür hüngür ağlamıştı.

"Bir daha asla ama asla kafeste kuş beslemeyeceğim," demişti.

O sırada ben de yanındaydım ve şöyle demiştim:

"Totoca, ben de asla kafeste kuş beslemeyeceğim."

Eve dönünce dosdoğru Minguinho'nun yanına gittim.

"Xururuca, bir şey yapmaya geldim."

"N'oldu?"

"Biraz bekleyelim mi?"

"Olur."

Oturup başımı incecik gövdesine yasladım.

"Neyi bekliyoruz, Zezé?"

"Gökyüzünden güzeller güzeli bir bulutun geçmesini."

"Niçin?"

"Küçük kuşumu serbest bırakacağım. Sahiden. Artık ona ihtiyacım yok..."

Beraber gökyüzünü izledik.

"Şuradaki nasıl, Minguinho?"

Koskoca bir buluttu, ağır ağır yaklaşıyor, girinti çıkıntılarıyla beyaz bir yaprağı andırıyordu.

"İşte şuradaki, Minguinho."

Heyecanla ayağa kalkıp gömleğimi açtım. Küçük kuşumun sıska göğsümden dışarı çıktığını hissettim.

"Uç, küçük kuşum. İyice yükseklere uç. En yukarılara çık ve Tanrı'nın parmağına kon. Tanrı seni başka bir çocuğa götürecek ve nasıl bana güzel şarkılar şakıdıysan ona da şakıyacaksın. Hoşça kal, güzel kuşum!"

İçimde sonsuz bir boşluk hissettim.

"Bak, Zezé. Bulutun parmağına kondu."

"Gördüm."

Başımı Minguinho'nun kalbine dayadım ve uzaklaşan bulutu izledim.

"Ona asla kötülük etmedim..."

Sonra yüzümü çevirip şeker portakalımın dalına baktım.

"Xururuca."

"N'oldu?"

"Ağlarsam ayıp olur mu?"

"Ağlamak asla ayıp değildir, sersem. Niye ki?"

"Bilmem, henüz alışamadım. İçimdeki kafes bomboş kaldı sanki..."

* * *

Glória erkenden bana seslendi.

"Tırnaklarını göster bakayım."

Ellerimi kaldırıp onayını aldım.

"Şimdi de sıra kulaklarda... Ay, Zezé, hale bak!"

Beni çamaşır teknesinin başına götürdü, bir bez sabunlayıp ucuyla kirlerimi temizledi.

"Hayatımda hiç senin kadar kirli bir Pinagé savaşçısı görmedim! Git ayakkabını giyin, ben de üstüne düzgün bir kıyafet bulacağım."

Çekmecemi açtı ve bir süre karıştırıp durdu. Karıştırdıkça düzgün bir şey bulmakta daha da zorlanıyordu. Bütün pantolonlarım ya delik ve yırtıktı ya da yamalı.

"Anlatmaya bile gerek yok. Ne kadar yaramaz bir çocuk olduğunu anlamak için şu çekmeceye bakmak yeterli. Al bunu giy, içlerinde en düzgünü bu."

Sonra evden ayrıldık ve "mucizevi" keşfimi gerçekleştirmek üzere yola koyulduk.

Okula yaklaştığımızda çocuklarının elinden tutmuş kayıt yaptırmaya giden insanlar görmeye başladık.

"Sakın ha rezalet çıkarma, söylediklerimi unutma, Zezé."

Bir salonda oturup beklemeye koyulduk, içerisi çocuk doluydu, hepsi birbirini gözlüyordu. Derken sıra bize gelince müdire hanımın odasına girdik.

"Kardeşiniz mi?" diye sordu kadın, ablama.

"Evet, efendim. Annem şehirde çalıştığı için gelemedi."

Kadın beni tepeden tırnağa süzdü, kalın camlı gözlüğünün ardında gözleri koskoca ve kapkara görünüyordu. En matrağı da, erkek gibi bıyıklı olmasıydı. Herhalde bu sayede müdire olmuştu.

"Çok küçücük değil mi?"

"Yaşına göre boyu ufak. Ama şimdiden okumayı söktü."

"Kaç yaşındasın bakayım, çocuğum?"

"Yirmi altı Şubat'ta altı yaşıma girdim, efendim," diye yalan söyledim.

"Pekâlâ. Kaydını açalım. Öncelikle ebeveynlerin isimleri."

Glória babamın ismini söyledi. Sıra annemin ismine gelince sadece Estefânia de Vasconcelos dedi. Kendimi tutamayıp düzelttim:

"Estefânia Pinagé de Vasconcelos."

"Nasıl?"

Glória'nın yüzü kızardı.

"Pinagé," dedim. "Annem yerli soyundan gelir."

Gururlanmıştım, çünkü okulda yerli ismine sahip tek öğrencinin ben olacağımı düşünüyordum.

Sonra Glória bir kâğıt imzaladı ve bir an tereddüt etti.

"Başka bir şey var mıydı, kızım?"

"Okul önlüklerini soracaktım... Tahmin edersiniz... Babam işsiz ve çok fakiriz..."

Kadın boyumu görmek için ayağa kalkıp dönmemi istediğinde yamalarımı görünce ablamın son söylediği pekişmiş oldu.

Bir kâğıda bir numara çiziktirdi ve gidip Dona Eulália'yı bulmamızı söyledi.

Dona Eulália da boyum karşısında hayrete düştü, elindeki en küçük önlük bile üstümde çuval gibi duruyordu.

"Elimdeki en küçük boy bile büyük geldi. Ne minnacık bir çocukmuş bu!"

"Olsun, ben evde kısaltırım."

Dışarı çıktığımızda mutluluktan uçuyordum; iki takım önlük hediye etmişlerdi. Beni yepyeni okul kıyafetleriyle görünce Minguinho'nun ağzı bir karış açık kalacaktı.

Her gün okuldan eve dönünce, başımdan geçenleri ona ayrıntısıyla aktarmayı huy edindim. Olan biten her şeyi anlatıyordum.

"Koca bir çan çalıyorlar. Ama kilisedeki kadar büyük bir çan değil. Anladın mı? Herkes büyük bahçeye girip öğretmeninin durduğu yere gidiyor. Orada öğretmen bizi dörderli sıralar halinde kuzu güder gibi sınıfa götürüyor. Sınıfta hepimizin bir sırası var, kapağı açılıp kapanıyor ve içine her şeyimizi koyabiliyoruz. Milli marşın bir kısmını ezberlemem gerekecek, çünkü öğretmenim diyor ki, iyi ve 'vatansever' birer Brezilyalı olabilmek için vatanımızın milli marşını bilmemiz şartmış. Öğrenince sana da söyleyeceğim, tamam mı, Minguinho?.."

Derken başka şeyler de yaşadım. Kavgalar... Her şeyin yeni olduğu bir dünyada yaptığım keşifler...

"Elinde çiçekle nereye gidiyorsun, kız?" dedim bir gün.

Tertemiz bir kızdı, elindeki kitap ve defterin kapakları kaplıydı. Saçında iki küçük örgüsü vardı.

"Öğretmenime götürüyorum," dedi.

"Neden?"

"Hoşuna gidiyor da ondan. Hem bütün çalışkan öğrenciler öğretmenlerine çiçek verirler."

"Erkekler de verebilir mi?"

"Öğretmenini seviyorsa verebilir."

"Ya, gerçekten mi?"

"Gerçekten."

Benim öğretmenim Dona Cecília Paim'e kimseler çiçek getirmiyordu. Herhalde çirkin olduğu içindi. Gözünün üstünde beni olmasa bu kadar çirkin olmazdı. Ama teneffüste seyyar satıcıdan kremalı çörek almam için bana bazen bozukluk veren tek kişi oydu.

Zamanla, diğer bütün sınıflarda öğretmen masasının üstündeki bardaklarda hep çiçekler olduğunu fark ettim. Bir tek benim sınıfımdaki bardak boştu.

* * *

Yine müthiş bir macera yaşamıştım:

"Biliyor musun Minguinho, bugün yarasalık ettim."

"Burada, arka bahçede yaşayacağını söylediğin Luciano'yu mu kastediyorsun?"

"Hayır, sersem. 'Yarasalık etmek' bir deyim. Okulun orada bazen yavaş geçen arabalara takılıyoruz; arkadaki yedek tekerleğe tutunuyoruz. Sonra gel keyfim gel, geziniyoruz. Bir köşeden döneceği zaman, gelen araba var mı diye bakmak için yavaşladığında yere atlıyoruz. Ama atlarken dikkat etmek lazım, çünkü hızlı giderken atlayınca insan kıç üstü yere yapışıyor ve kolları sıyrık içinde kalıyor."

Sınıfta ve teneffüslerde olup biten her şeyi uzun uzadıya anlatıyordum ona. Okuma dersinde, öğretmenim Dona Cecília Paim'in en iyi okuyan öğrencinin ben olduğumu söylediğini aktardığımda nasıl da gururla kabardı. Öğretmenim en iyi "okumacı"nın ben olduğumu söylemişti. Ama doğru sözcüğün bu olduğuna emin değildim, ilk fırsatta Edmundo Dayıma sormalıydım.

"Neyse, yine yarasa konusuna dönelim, Minguinho. Nasıl bir his olduğunu anlaman için fikir vermem gerekirse, tıpkı senin dalına binip atçılık oynamak kadar güzel bir his."

"Ama bana binerken düşme tehliken yok."

"Yok mu dersin? Ya bizon ve bufalo avına çıktığımızda sen Vahşi Batı'nın çayırlarında deli gibi koştururken? Unuttun mu?"

Dediğimi kabul etmek zorunda kaldı, ne de olsa benimle girdiği tartışmalardan asla galip çıkamazdı.

"Ama bir araba var ki, Minguinho... Bir araba var ki, kimse takılmaya cesaret edemiyor. Hangisi, biliyor musun? Portekizli Manuel Valadares'in arabası. Hayatında bundan çirkin bir isim duydun mu hiç? Manuel Valadares..."

"Gerçekten de çirkinmiş. Ama benim aklımda başka bir şey var."

"Aklından geçeni bilmediğimi mi sanıyorsun? Gayet iyi biliyorum. Ama henüz olmaz. Biraz daha elim alışsın... Ancak ondan sonra göze alabilirim..."

* * *

Günlerimiz işte böyle mutlu mesut geçip gitmekteydi. Bir sabah elimde bir çiçekle öğretmenimin karşısına dikildim. Çok duygulandı ve benim bir centilmen olduğumu söyledi.

"Centilmen nedir, biliyor musun Minguinho?"

"Çok terbiyeli, prens gibi kişilere centilmen denir."

Her geçen gün derslerime daha fazla ısınıyor, çalışkan bir öğrenci olmaya başlıyordum. Okuldan hakkımda tek bir şikâyet dahi gelmiyordu. Glória, okula giderken içimdeki şeytanı çekmeceye kapattığımı ve başka bir çocuğa dönüştüğümü söylüyordu.

"Sence de başka bir çocuğa dönüşüyor muyum, Minguinho?"

"Galiba dönüşüyorsun."

"Madem öyle, sana bir sır verecektim ama artık vermeyeceğim."

Somurtarak yanından ayrıldım. Minguinho ise pek aldırış etmedi, çünkü kızgınlığımın uzun sürmediğini bilirdi.

Sırrım o akşam yapacağım bir şeyle ilgiliydi ve heyecandan kalbim yerinden fırlamak üzereydi. Fabrika düdüğünün çalıp insanların sokaktan geçmeye başlaması adeta bir ömür sürdü. Yaz olunca hava bir türlü kararmıyordu. Akşam yemeği saati bile gelmek bilmiyordu. Bahçe kapısına çıkıp etrafa bakınmaya başladım, yılanımı ya da haylazlık etmeyi düşünmüyordum. Uslu uslu oturup annemi bekledim. Jandira bile halimi garipsemiş olacak ki karnımın ağrıdığını zannederek ham meyve yiyip yemediğimi sordu.

Derken annemin karaltısı sokağın köşesinde belirdi. Kesinlikle oydu. Dünyada kimse ona benzemezdi. Tek sıçrayışta kalkıp yanına koştum.

"Hürmetler, anneciğim," diyerek elini öptüm. Sokağın loş ışıklarına rağmen yorgunluğunu yüzünden okuyabiliyordum.

"Bugün çok çalıştınız mı, anneciğim?"

"Çok, yavrum. Atölye öyle sıcaktı ki dayanılır gibi değildi."

"Torbanızı alayım, zaten yorgunsunuz."

İçinde boş sefertası bulunan torbayı elinden aldım.

"Bugün çok hinlik ettin mi?"

"Azıcık, anneciğim."

"Neden beni beklemeye çıktın?"

Bir iş çevirdiğimi tahmin etmişti.

"Anneciğim, beni birazcık da olsa seviyor musunuz?"

"Kardeşlerini nasıl seviyorsam seni de öyle seviyorum. Niye ki?"

"Anneciğim, siz Nardinho'yu tanıyor musunuz? Hani şu paytak hanımın yeğeni."

Güldü.

"Hatırladım."

"İşte, anneciğim. Nardinho'nun annesi ona bir takım dikmiş, nasıl güzel. Yeşil böyle, ince beyaz çizgili. Yeleği boynuna kadar düğmeli. Ama ona küçük gelmiş. Verebileceği bir kardeşi de yok. Satmak istediğini söyledi... Siz alır mıydınız?"

"Aman, yavrum! Zaten öyle zor durumdayız ki!"

"Ama iki taksit yapıyor. Pahalı da değil. Maliyetinden bile ucuza geliyor."

Taksitçi Jacob'un sözlerini tekrarlıyordum.

Annem konuşmadan kafasında hesaplar yaptı.

"Anneciğim, sınıfımın en çalışkan öğrencisi benim. Öğretmenim takdir belgesi alacağımı söylüyor... Lütfen, anneciğim. Yeni bir kıyafet almayalı öyle uzun zaman geçti ki..."

Annemin suskunluğu içimi fena etmeye başlamıştı.

"Bakın, anneciğim, bunu kaçırırsam bir daha asla şair kıyafetim olmayacak. Papyonumu Lalá yapar, hazırda bir ipek kumaşı var..."

"Peki, yavrum. Bir hafta fazladan mesaiye kalıp takım elbiseni alırım."

Bunu duyunca elini öptüm ve yüzümü eline dayayıp eve girene kadar ayırmadım.

Şair kıyafetimi işte böyle elde ettim. Öyle yakışıklı oldum ki Edmundo Dayım beni fotoğraf çektirmeye götürdü.

* * *

Okul. Çiçek. Çiçek. Okul...

Godofredo sınıfıma girene dek her şey gayet iyi gidiyordu. İzin isteyip Dona Cecília Paim'le baş başa konuşmaya başladı. Konuşurken bir yandan da bardaktaki çiçeği işaret ediyordu. Sonra çıkıp gitti. Öğretmenim üzgün gözlerini bana çevirdi.

Ders bitince beni yanına çağırdı.

"Seninle konuşmak istediğim bir şey var, Zezé. Bekle biraz."

Çantasını toplamaya başladı, ama ne kadar toplasa da bitmiyordu. Benimle konuşmayı hiç istemediği belliydi, oyalanarak cesaret kazanmaya çalışıyordu. Biraz sürse de sonunda başardı.

"Godofredo bana seninle ilgili çok fena bir şey anlattı, Zezé. Anlattığı doğru mu?"

Başımı olumlu anlamda salladım. "Çiçek mi? Doğru, efendim."

"Ne yaptın, anlatır mısın?"

"Sabahları erkenden kalkıp Serginho'nun evinin bahçesine uğruyorum. Bahçe kapısı kilitli değilse çabucak girip bir çiçek çalıyorum. Zaten orada o kadar çok çiçek var ki eksikliği fark edilmiyor."

"Olabilir. Ama bu yaptığın doğru değil. Bir daha sakın böyle bir şey yapma. Hırsızlık olmasa da küçük bir 'aşırma' sayılır."

"Hiç de değil, Dona Cecília. Dünya Tanrı'nın değil mi? Dünyadaki her şey Tanrı'nın değil mi? Öyleyse çiçekler de Tanrı'nın..."

Kurduğum mantık karşısında şaşırıp kalmıştı.

"Başka türlü çiçek getiremezdim, öğretmenim. Evimizde çiçek bahçesi yok. Çiçek pahalı bir şey... Masanızdaki bardağın sürekli boş kalmasını istemedim."

Zorlukla yutkundu.

"Arada sırada bana seyyar satıcıdan kremalı çörek almam için para vermiyor musunuz?"

"Her gün vermek isterdim. Ama hemen ortadan kayboluyorsun..."

"Her gün kabul edemem..."

"Neden?"

"Sınıfta beslenme saati için yiyecek getirmeyen başka fakir çocuklar da olduğundan."

Çantasından mendilini çıkarıp belli etmeden gözlerini sildi.

"Corujinha'yı bilmiyor musunuz?"

"Corujinha kim?"

"Hani zenci bir kız, benim boyumda, annesi saçlarını bir sürü küçük topuz yapıp iple bağlar."

"Anladım. Dorotília'yı diyorsun."

"İşte o, efendim. Dorotília benden daha fakir. Öbür kızlar onunla oynamak istemiyorlar, çünkü hem zenci hem aşırı fakir. Bu yüzden hep herkesten ayrı duruyor. Verdiğiniz parayla aldığım çöreği onunla paylaşıyorum."

Bu kez mendili uzun süre burnundan ayırmadı.

"Bazen parayı benim yerime ona verebilirsiniz. Annesi çamaşırcılık yapıyor ve on bir çocuğu var. Hepsi küçük. Anneannem Dindinha yardım için onlara her cumartesi biraz kuru fasulye ve pilav veriyor. Ben de çöreğimi paylaşıyorum, çünkü annem bize, fakir olsak da elimizdekini bizden yoksullarla paylaşmamızı öğretti."

Gözyaşları öğretmenimin yanaklarından süzülmeye başlamıştı.

"Sizi ağlatmak istemezdim. Söz veriyorum, bir daha çiçek çalmayacağım ve daha da çalışkan bir öğrenci olacağım."

"Ondan değil, Zezé. Gel bakayım."

Ellerimi elleri arasına aldı.

"Bana bir söz vereceksin, çünkü yumuşacık bir yüreğin var, Zezé."

"Söz veririm ama sizi kandırmayı istemem. Benim yüreğim yumuşacık değil. Evde yaptıklarımı bilmediğiniz için böyle diyorsunuz."

"Önemi yok. Benim gözümde öylesin. Artık bana çiçek getirmeni istemiyorum. Ancak başka biri sana verdiyse olabilir. Söz veriyor musun?"

"Evet, efendim, söz. Peki ya bardak? Hep boş mu kalacak?"

"Bu bardak asla boş kalmayacak. Ona her baktığımda dünyanın en güzel çiçeğini göreceğim. Bana bu çiçeği en iyi öğrencimin verdiğini düşüneceğim. Tamam mı?"

Artık gülüyordu. Ellerimi bıraktı ve tatlılıkla konuştu.

"Artık gidebilirsin, altın yürekli çocuk..."

Birinci Kısmın Sonuncu Bölümü

Çürüdüğünü göreceğim zindanlarda

Okulda öğrendiğimiz ilk ve en faydalı şey, haftanın günleriydi. Ben de haftanın günlerini ustalıkla öğrendiğimden "o"nun salı günleri geldiğini biliyordum. Bir hafta istasyonun öbür tarafındaki sokaklara gidip öbür hafta bizim tarafımızdakilere geldiğini de çok geçmeden keşfettim.

İşte bu yüzden salı günü okulu kırdım. Totoca'ya hiç haber vermedim, yoksa evdekilere anlatmasın diye bir sürü misket sökülmem gerekirdi. Vakit henüz erken olduğundan ve beklediğim kişi büyük ihtimalle kilisenin saati dokuzu vurduğunda belireceğinden sokaklarda gezinmeye başladım. Tehlikesiz sokaklarda tabii. İlkin kiliseye uğrayıp azizlere göz attım. Etrafı mumlarla dolu, durgun resimlere baktıkça ürkmeden edemiyordum. Mumlar titreştikçe azizler göz kırpıyordu. Aziz olup da bütün gün öylece durmanın iyi bir şey olduğuna emin değildim.

Kilise eşyalarının saklandığı odaya uğradım, Zacarias Efendi eski mumları şamdanlardan çıkarıp yerlerine yenilerini koymaktaydı. Masanın üstünde bir yığın mum kalıntısı birikmişti.

"Günaydın, Zacarias Efendi."

Durdu, gözlüğünü burnunun ucuna indirdi ve burnunu çekip yeniden önüne döndükten sonra karşılık verdi:

"Günaydın, ufaklık."

"Yardım etmemi ister miydiniz?"

Gözlerimi iştahla mum kalıntılarına dikmiştim.

"Köstek olmak istiyorsan buyur. Bugün okula gitmedin mi?"

"Gittim. Ama öğretmenimiz gelmedi. Dişi ağrıyormuş."

"Ya!"

Yeniden bana dönüp gözlüğünü burnunun ucuna indirdi.

"Sen kaç yaşındasın ufaklık?"

"Beş. Yok, altı. Altı değil, beş olacak."

"Kaç yani, beş mi altı mı?"

Aklıma okul gelince yalan söyledim:

"Altı."

"Madem altı yaşındasın, İncil eğitimine başlama vaktin gelmiş demektir."

"Başlayabilir miyim yani?"

"Neden olmasın? Perşembe günleri öğleden sonra üçte buraya gelmen yeterli. İster misin?"

"Duruma bağlı. Eğer şu mum kalıntılarını bana verirseniz gelirim."

"Mum kalıntısını ne yapacaksın ki?"

Şeytan dürtmüştü bir kere. Bir yalan daha kıvırdım:

"Uçurtmamın misinasını mumlamak için, sağlamlaşsın diye."

"İyi o zaman, alabilirsin."

Mum kalıntılarını toparlayıp bez çantamın içine, defterlerimle misketlerimin arasına koydum. Sevinçten mest olmuştum.

"Çok teşekkürler, Zacarias Efendi."

"Unutma sakın. Perşembe."

Uçarcasına oradan ayrıldım. Saat erken olduğundan aklımdakini yapacak vaktim vardı. Kumarhanenin önüne koştum ve etrafta kimsenin olmadığını görünce yolun karşısına geçip mum kalıntılarını aceleyle kaldırıma sürdüm. Sonra koşar adım yolun karşısına döndüm ve kumarhanenin kapalı dört kapısından birinin önündeki kaldırıma oturup beklemeye koyuldum. İlk kimin kayıp düşeceğini uzaktan izlemek istiyordum.

Tam beklemekten vazgeçmek üzereyken yüreğim hop ediverdi: Nanzeazena'nın annesi Dona Corinha, omzunda şalı, elinde kitabıyla bir kapıdan çıkıp kilise yönünde ilerlemeye başlamıştı.

"Amanın!"

Kadının annemle arkadaş olduğu yetmezmiş gibi Nanzeazena da Glória'yla yakın arkadaştı. Bakmaya yüreğim elvermeyecekti. Hemen sıvıştım ve ancak köşeye gelince arkamı dönüp baktım. Kadın yere yapışmış, küfürler savurmaktaydı.

Bir yerini incitip incitmediğini görmek için insanlar toplandı ama kadının küfrederkenki ses tonuna bakılırsa birkaç sıyrıkla atlatmış olmalıydı.

"Kesin şu arsızların işidir!"

Rahat bir nefes aldım. Ama arkamdan bir elin uzanıp bez çantamı tuttuğunu fark etmeyecek kadar da gevşememiştim.

"Bu iş senin başının altından çıktı, değil mi Zezé?"

Ateş Saçlı lakaplı Orlando Efendi'ydi bu. Onca zamandır komşumuzdu. Dilim tutuluverdi.

"Sen miydin, değil miydin?" dedi.

"Bizimkilere anlatmazsınız, değil mi?"

"Anlatmayacağım. Ama bana bak, Zezé: Bu kez göz yumuyorum, çünkü düşürdüğün ihtiyar, dedikoducunun teki. Ama sakın bir daha böyle bir şey yapma, yoksa birinin bacağını kırarsın."

Dünyanın en uysal ifadesini takındım ve beni bıraktı.

Çarşının oraya dönüp onu beklemeye koyuldum. Öncesinde Rozemberg Efendi'nin tatlıcısına uğradım, gülümseyip şöyle dedim ona:

"Günaydın, Rozemberg Efendi!"

Kuru bir günaydın geveledi, şeker falan da vermedi. O... çocuğu! Yanımda Lalá yoksa hiçbir şey vermezdi.

"İşte geliyor," dedim kendi kendime.

Tam o sırada saat dokuzu vurdu.

Beklediğim kişi asla geç kalmazdı. Geldiğini ta uzaktan görmüştüm. Progresso Sokağı'na saptı ve köşeye gelmeden durdu. Bez çantasını yere bıraktı ve ceketini sol omzunun üstüne attı. Kareli gömleği öyle güzeldi ki! Ben de büyüyüp adam olduğumda sadece böyle gömlekler giyecektim. Dahası, boynunda kırmızı bir fular vardı ve şapkası geriye kaykılmıştı. Derken gür sesini yükseltti ve sokağı şenlendirdi:

"Gel, komşu! En yeni ezgiler burada!"

Sesindeki Bahia'lılara özgü ezgi de pek hoştu.

"Haftanın gözdeleri burada! 'Claudionor'! 'Affet'! Chico Viola'nın son şarkısı. Vicente Celestino'nun son gözdesi. Son moda şarkıları öğrenmeden geçme, komşu!"

Kelimeleri şarkı söylercesine telaffuz edişi beni büyülüyordu.

Söylemesini en çok istediğim şarkı "Fanny" idi. Her seferinde söylerdi ve artık sözlerini ezberlemek istiyordum. "Çürüdüğünü göreceğim zindanlarda" kısmına geldiğinde öyle etkilenirdim ki tüylerim diken diken olurdu. Sesini iyice gürleştirerek "Claudionor"u söyledi:

Bir sambaya gittim, ta Mangueira Tepesi'nde
Bir melez güzeli çağırdı beni, dedi gel şöyle...
Hiç yanaşmam, dayaktan korkarım.
Öldürür beni kesin, kocası irikıyım...

Davranamam hiç Claudionor gibi
Rıhtımda iki büklüm oldu doyurmak için ailesini...

Sonra şarkıyı kesip şöyle dedi:

"Her keseye uygun şarkı sözleri! Parası az olana da var, çok olana da! Tam altmış tane yeni şarkı! En son tangolar!"

Derken sıra benimkine geldi: "FANNY!"

Bulmuşsun kızcağızı bir başına
Fırsat bulamamış komşuyu bile çağırmaya...
Saplamışsın bıçağı gaddarca, hiç acımadan

(Sonra sesi aniden yumuşayıp tatlılaştı, en katı yürekleri bile dağlayacak kadar nazikleşti.)

Zavallı Fanny, zavallı, yoktu daha iyi kalplisi ondan.

Yeminler olsun ki çekeceğin var daha...
Çürüdüğünü göreceğim zindanlarda
Saplamışsın bıçağı gaddarca, hiç acımadan
Zavallı Fanny, zavallı, yoktu daha iyi kalplisi ondan.

İnsanlar evlerinden çıkıp en beğendikleri şarkıların sözlerini satın alıyorlardı. Bense "Fanny" yüzünden adamın dibinden ayrılmıyordum.

Dudaklarında kocaman bir gülümsemeyle bana döndü.

"Bir tane ister misin, ufaklık?"

"Yok, efendim. Param yok."

"Belli zaten."

Bez çantasını alıp sesini yükselterek sokak boyunca yürümeye başladı.

"Valslerden 'Affet!', 'Tüttürerek Beklerim' ve 'Elveda, Delikanlılar', 'Kralların Gecesi'nden bile gözde tangolar. Şehirde herkesin dilinde bu tango var... 'İlahî Işık', nasıl da nefis bir şey. Şu sözlere bakın hele!"

Ve göğsünü doldurup söylemeye koyuldu:

Gözlerindeki o ilahî ışık yok mu, imana getiriyor beni...
Bir ışıltı görüyorum yıldızlar arasında.
Yeminler ediyorum, yoktur fezada bile böylesi
Seninkinden cilveli gözler...

Heyhat! Gel buluşsun gözlerimiz, hatırlayalım beraberce
Mehtabın altında filizlenen o bahtsız aşkı yine...
Bakayım tekrar, aşkın çilesini konuşmadan anlatan o gözlerine

Başka şarkıların da duyurusunu yaptı, birkaç söz daha sattı, derken gözü yine bana takıldı. Durdu ve eliyle işaret ederek yanına çağırdı.

"Gel bakayım, cingöz."

Emrini gülerek yerine getirdim.

"Peşimi bırakmayacak mısın sen?"

"Bırakmam, efendim. Dünyada sizin kadar güzel şarkı söyleyen başka kimse yok."

Gururu okşanınca süngüsü biraz düştü. Amacıma yaklaştığımı hissettim.

"Sen de kene gibi yapıştın."

"Peşinize takılma sebebim, Vicente Celestino ve Chico Viola kadar iyi şarkı söyleyip söylemediğinizi görmekti. Sahiden de söylüyormuşsunuz."

Kocaman gülümsedi.

"Onları hiç dinledin mi ki, cingöz?"

"Dinledim, efendim. Dr. Adaucto Luz'un oğlunun evindeki bir pikapta."

"Herhalde ya pikap eskiydi ya da iğnesi eğriydi."

"Hayır, efendim. Gıcır gıcır bir pikaptı, daha yeni

alınmıştı. Siz sahiden daha iyi söylüyorsunuz. Aklıma takılan bir şey var."

"Söyle."

"Hazır sürekli peşinizdeyim. Yani... siz bana şarkı sözlerinin fiyatlarını öğretin. Sonra siz şarkı söylersiniz, ben de sözleri satarım. Satıcı çocuksa alan çok olur."

"Fena fikir değil, cingöz. Ama şimdiden söylemiş olayım. Sırf sen istediğin için kabul ediyorum. Karşılığında para mara veremem."

"Zaten öyle bir beklentim yok."

"O zaman neden gelmek istiyorsun?"

"Şarkı söylemeyi çok sevdiğim için. Öğrenmeyi seviyorum. Hem bence 'Fanny' dünyanın en güzel şarkısı. Sahiden iyi satış yaparsanız, kimsenin istemediği eski bir şarkı sözünü alıp ablama götürmeme izin verseniz yeter."

Şapkasını çıkarıp başını, saçlarının en seyrek olduğu kısmı kaşıdı.

"Glória adında bir ablam var," dedim, "ona götürmek için. O kadar."

"Öyleyse hadi bakalım."

Böylece şen şakrak satış yapmaya koyulduk. O şarkı söylüyor, bense öğreniyordum.

Öğlen olunca kuşkuyla bana baktı.

"Sen öğle yemeği için eve gitmeyecek misin?"

"Ancak işimiz bittikten sonra," dedim.

Bir kez daha başını kaşıdı.

"Gel benimle," dedi.

Ceres Sokağı'ndaki bir büfeye oturduk ve bez çantasının en dibinden koca bir sandviç çıkardı. Kemerine uzanıp bir bıçak çekti. Korkunç bir bıçaktı. Sandviçinden bir parça kesip bana verdi. Sonra *cachaça*'sından bir yudum aldı ve yemekle beraber içmemiz için iki limonata sipariş etti. Yemek kelimesini farklı telaffuz ediyordu. Sandviçini dişlerken bir yandan da beni süzüyordu ve gözlerindeki ifadeye bakılırsa keyfi yerindeydi.

"Vay be, cingöz. Bana şans getirdin. Bacaksızlar peşimden hiç eksik olmaz ama içlerinden birinden yardım almak hiç aklıma gelmemişti."

Limonatasından koca bir yudum aldı.

"Kaç yaşındasın sen?"

"Beş. Altı... Beş."

"Beş mi altı mı?"

"Daha altı olmadım."

"Yine de çok akıllı ve uslu bir çocuksun."

"Yani gelecek salı günü yine buluşacak mıyız?"

Güldü.

"İstersen buluşuruz," dedi.

"İsterim. Ama ablamı ayarlamam lazım. Anlayış gösterecektir. İzin verirse güzel de olur, çünkü istasyonun öbür yanına hiç gitmedim."

"O tarafa gittiğimi nereden biliyorsun ki?"

"Çünkü her salı sizi bekliyorum. Bir hafta geliyorsunuz, bir hafta gelmiyorsunuz. Bu yüzden tren yolunun öbür tarafına gittiğinizi düşünmüştüm."

"Açıkgöz seni! Adın ne bakayım?"

"Zezé."

"Benimki de Ariovaldo. Uzat elini."

Elimi nasırlı ellerinin arasında tutarak ölene kadar dost kalacağımızı tescillemiş oldu.

* * *

Glória'yı ikna etmek pek de zor olmadı.

"Ama Zezé, haftada bir gün mü? Dersler ne olacak?"

Defterimi gösterdim, bütün yazı ödevlerim düzgünce yapılmıştı. Notlarım eksiksizdi. Aritmetik defterimi de aynı şekilde çıkarıp gösterdim.

"Okuma dersinde de sınıfın en iyisi benim, Godóia."

Yine de karar vermekte zorlanıyordu.

"Bu öğrettikleri şeyleri daha altı ay boyunca tekrarlayıp duracaklar. Eşek sürüsünün kafasına girene kadar daha çok vakit var."

Güldü.

"Ettiğin laflara bak, Zezé."

"Ciddiyim Glória, insan şarkı söylerken daha bir sürü şey öğreniyor. Ne kadar çok şey öğrendim, anlatayım mı? Hem Edmundo Dayım hepsinin anlamını da bana söyledi. Bak sayayım: rıhtım, ilahî, feza ve bahtsız. Üstüne bir de her hafta eve bir şarkı sözü getireceğim ve sana dünyanın en güzel şarkılarını öğreteceğim."

"Peki. Ama bir şey daha var, babam senin salı günleri öğle yemeğine gelmediğini fark edince ne diyeceğiz?"

"Ruhu bile duymaz. Sorarsa da yalan söyleriz. Öğle yemeğine Dindinha'ya gittiğimi söylersin. Beni Nanzeazena'lara gönderdiğini ve öğle yemeğini onlarla yiyeceğimi söylersin."

Aman! Neyse ki yalandan ibaretti, yoksa Nanzeazena'nın annesi kendisine yaptığımı bir bilseydi!..

Glória sonunda kabul etti, çünkü bu sayede yaramazlıktan uzak duracağımı ve daha az dayak yiyeceğimi düşünüyordu. Hem çarşamba günleri portakal ağaçlarının altına yayılıp ona şarkılar öğretmek de çok keyifli olacaktı.

Salı günlerini iple çekiyordum. Erkenden istasyona gidip Ariovaldo Efendi'yi beklemeye koyulurdum. Treni kaçırmadıysa saat sekiz buçukta gelirdi.

Her tarafa gider, görmedik köşe bırakmazdım. Tatlıcıya uğramayı ve istasyonun merdivenlerinden inen insanları izlemeyi severdim. Orası ayakkabı boyamak için de iyi bir yerdi. Ama Glória izin vermezdi. Çünkü polis yakalarsa sandığıma el koyardı. Dahası trenler vardı. Tren yolunun üstündeki köprüyü bile Ariovaldo Efendi'nin elini tutmadan geçmem yasaktı.

Derken Ariovaldo Efendi nefes nefese belirirdi.

"Fanny" vakasından beri, müşterilerin zevklerini iyi sezdiğime kanaat getirmişti.

İstasyonun duvarına, fabrika bahçesinin tam karşısına otururduk, o günkü şarkı sözlerini çıkarır, aralarından birini bana gösterip başlangıcını mırıldanırdı. Beğenmezsem bir sonrakine geçerdi.

"Bu yeni bir şarkı, adı 'Fettan'," dedi.

Biraz daha mırıldandı.

"Biraz daha söyleyin," dedim.

Son kısmını tekrarladı.

"Bir bu olsun, Ariovaldo Efendi, bir de 'Fanny' ve tangolar, elimizdeki her şeyi satarız."

Böylece güneş ve toz dolu sokaklara dökülürdük. Yazın geldiğini müjdeleyen şen kuşlar gibiydik.

Sabahleyin pencereleri onun gür sesi açardı.

"Haftanın, ayın ve yılın en gözde şarkısı! Chico Viola'nın kaydettiği 'Fettan'!"

Doğar bir ay, gümüş rengi
Dağın yemyeşil tepesinde
Şarkılarla çınlar âşığın dili
Sevdiğinin penceresinde

Sevdalı bir ezgidir söylediği
Ağlatır gitarını yine
Aşkınadır bütün nağmeleri
Gönlünden neler geçerse...

Derken susup başıyla ritim tutmayı sürdürürdü ve ben incecik sesimle şarkıya katılırdım.

Ah sen yok musun, gönül çelen dilberim,
Ne kurbanlar verirdim, elimden gelse.
Düşlerimin sultanı, ışığım benim,
Fettansın tabii, rahatın yerinde...

Görmeden inanmak zordu! Gencecik kızlar koşa koşa şarkı sözü almaya gelirlerdi. Beyefendiler, her telden ve her türden insanlar eksik olmazdı.

En sevdiğim şey dört yüz ve beş yüz kuruşluk sözleri satmaktı. Yaşça büyük kızların nasıl davranacaklarını daha önceden biliyordum.

"Paranızın üstü, hanımefendi."

"Kalsın, şeker alırsın."

Konuşma şeklim bile Ariovaldo Efendi'ninkine benzemeye başlamıştı.

Öğlen olduğunda hep aynı şeyi yapardık. Gördüğümüz ilk büfeye girip sandviçi hapur hupur mideye indirir, yanında bazen portakallı bazense frenküzümlü gazoz içerdik.

Derken elimi cebime sokar ve topladığım para üstlerini masaya yayardım.

"Buyurun, Ariovaldo Efendi," diyerek bozuklukları önüne iterdim.

Gülümser ve şöyle derdi:

"Hakikatli çocuksun, Zezé."

"Ariovaldo Efendi, hani siz eskiden bana cingöz diyordunuz ya, o ne demek?"

"Yurdum, mübarek Bahia'da küçücük, minicik bacaksızlara denir..."

Başını kaşıdı ve elini ağzına götürüp geğirdi. Özür dileyip bir kürdana uzandı. Masaya yaydığım paralar hâlâ aynı yerdeydi.

"Düşündüm de, Zezé. Bugünden itibaren para üstleri sende kalabilir. Ne de olsa artık ikili sayılırız."

"İkili ne demek?"

"Beraber şarkı söyleyen iki kişiye denir."

"Yani bir *maria-mole* şekerlemesi satın alabilir miyim?"

"Para senin paran. Nasıl istiyorsan öyle harca."

"Teşekkür ederim, *ahbap*."

Kendisini taklit ettiğimi anlayarak güldü. Şekerlememi yerken bu kez ben onu süzmeye başladım.

"Ben şimdi sahiden ikilide miyim?"

"Artık öylesin."

"O halde izin verin 'Fanny'nin orta kısmını ben söyleyeyim. Siz kalın sesle söylersiniz, ortasına gelince ben de tatlı mı tatlı incecik sesimle girerim."

"Fena fikir değil, Zezé."

"O zaman öğle yemeğinden sonra 'Fanny'yle başlarız, kesin şans getirir."

Böylece kızgın güneşin altında işe geri döndük.

Tam "Fanny"yi söylemeye başlamıştık ki bir facia yaşandı. Dona Maria da Penha, her zamanki gibi mazbut, güneş şemsiyesinin altında bembeyaz pirinç ununa bulanmış yüzüyle yaklaşmaktaydı. Durup "Fanny"mize kulak verdi. Ariovaldo Efendi felaketin geldiğini sezmiş olacak ki şarkı söylemeyi hiç kesmeden yürümeye başlamam için beni dürttü.

Bense hiç yerimden kımıldamadım. Kendimi "Fanny"nin yüreğine öyle kaptırmıştım ki olan bitenin farkında değildim.

Dona Maria da Penha şemsiyesini kapatıp ucuyla ayakkabısının ucuna vurmaya başladı. Şarkım biter bitmez yüzü kızararak haykırmaya koyuldu:

"Aman pek hoş! Bu yaşta bir çocuğun böyle ahlaksız şarkılar söylemesi pek hoş!"

"Bakın hanımefendi, benim işim ahlaksız bir iş değil. Burada namusumuzla çalışıyoruz, işimden hiç utanç duyacak değilim, bilesiniz!"

Ariovaldo Efendi'yi hiç böyle hiddetli görmemiştim. Kadın kavga peşindeyse tam yerine gelmişti.

"Bu çocuk sizin oğlunuz mu?" diye sordu.

"Hayır değil, efendim, *maalesef*," dedi Ariovaldo Efendi.

"Yeğeniniz mi? Akrabanız mı?"

"Hiçbir şeyim değil."

"Yaşı kaç?"

"Altı yaşında."

Kadın boyuma bakınca bir an şüpheye düştü. Ama konuşmayı sürdürdü:

"Küçücük bir çocuğu sömürmeye utanmıyor musunuz?"

"Kimseyi sömürdüğüm yok, hanımefendi. Benimle şarkı söylüyor, çünkü kendisi öyle istiyor ve seviyor, tamam mı? Hem karşılığında para da veriyorum, vermiyor muyum?"

Başımı evet anlamında salladım. Kopan kavgaya bayılmıştım. İçimden kadının karnına kafa atıp onu yere sermek geliyordu. Güm!

"Bilin ki bu işin peşini bırakmayacağım. Papaz efendiyle konuşacağım. Çocuk mahkemesine bildireceğim. Polise de gideceğim!"

Derken kadın birden sustu, gözleri dehşetle fal taşı gibi açıldı. Ariovaldo Efendi koca bıçağını çekmiş ve üstüne yürümeye başlamıştı. Kadın düşüp bayılmak üzereydi.

"Buyurun, hanımefendi, istediğinize gidin. Ama acele edin. Ben iyi kalpli biri olsam da bir huyum vardır, burnunu başkasının işine sokan dedikoducu cadıların dilini kesmeden duramam..."

Kadın sopa yutmuş gibi sırtını dikleştirip yanımızdan ayrıldı ve biraz uzaklaştıktan sonra dönüp şemsiyesini bize doğrultarak konuştu:

"Göreceksiniz gününüzü!"

"Defol git, koroşoşo cadısı seni!"

Şemsiyesini açıp söylene söylene sokağın ucunda gözden kayboldu.

* * *

Akşamüstüne doğru Ariovaldo günün kârını hesaplamaktaydı.

"Hepsini sattık, Zezé. Haklıymışsın. Bana şans getiriyorsun."

Aklıma Dona Maria da Penha geldi.

"Sence o kadın bir şey yapar mı?"

"Bir şeycik olmaz, Zezé. Olsa olsa gidip papaza söyler, papaz da ona, 'Hiç uğraşmasanız daha iyi, Dona Maria. Bu Kuzeylilerin şakası olmaz,' der."

Parayı cebine sokup bez çantasını katladı. Ardından her zamanki gibi, elini pantolonunun cebine sokup ikiye katlı bir şarkı sözü kâğıdı çıkardı.

"Bu sevgili ablan Glória için."

Gerindi.

"Ne gündü ama!"

Bir süre öylece durduk.

"Ariovaldo Efendi."

"N'oldu?"

"Koroşoşo cadısı nedir?"

"Ben biliyor muyum sanki evladım? Kızınca ağzımdan çıkıverdi."

Gevrek bir kahkaha koyverdi.

"Peki onu sahiden deşecek miydiniz?"

"Yok yahu. Sırf korkutmak için yaptım."

"Peki deşseniz karnından ne dökülürdü, işkembe mi yoksa oyuncak bebek gibi dolgu mu?"

Güldü ve dostane bir tavırla başımı okşadı.

"Sana bir şey diyeyim mi, Zezé? Bence çıksa çıksa bok çıkardı."

İkimiz de güldük.

"Ama hiç korkun olmasın. Ben kimseyi öldürecek adam değilim. Tavuğa bile elim gitmez. Karımdan bile öyle ürkerim ki, süpürge sopasını indirdi mi..."

Kalkıp istasyonun oraya gittik. Vedalaşmak için elimi sıkarken şöyle dedi:

"Yine de işi sağlama alalım, bir müddet o sokaktan geçmeyelim."

Elimi daha kuvvetli sıktı.

"Hadi kal sağlıcakla, gelecek salı görüşürüz, ahbap."

Başımı olumlu anlamda salladım ve Ariovaldo Efendi istasyonun basamaklarını birer birer çıkmaya başladı.

Tepeye ulaşınca dönüp seslendi:

"Sen bir meleksin, Zezé..."

El salladım ve gülmeye başladım.

"Melekmiş! Bilmediği için böyle diyor tabii..."

İkinci Kısım

Bebek İsa olanca kederiyle ortaya çıktığında

Birinci Bölüm

Yarasa

"Çabuk ol, Zezé, yoksa okula geç kalacaksın!"

Masada oturmuş, hiç acele etmeden kupamdaki kahveyi yudumlayıp yanında kuru ekmeğimi yiyordum. Her zamanki gibi dirseğimi masaya dayamıştım ve arada bir duvara tutturulmuş takvim sayfasına göz atıyordum.

Glória bu saatlerde hep kızgınlıkla karışık bir telaşa kapılırdı. Evden bir an önce çıkmamızı istiyordu, böylece sakin kafayla ev işlerine girişebilecekti.

"Hadi, haytalık etme. Saçını bile taramamışsın; biraz Totoca'yı örnek alsana, o asla gecikmez."

Salondan tarağı getirip sarı kâkülümü taradı.

"Bu rengi bozuğun taranacak saçı da yok ki, yazık."

Beni sandalyeden yere indirip tepeden tırnağa süzdü. Gömleğimle pantolonumun derli toplu olup olmadığına baktı.

"Tamam Zezé, hadi bakalım."

Totoca ve ben bez çantalarımızı omzumuza taktık. İçlerinde sadece kitaplar, defterler ve birer kurşunkalem vardı. Beslenme saati için yiyeceğimiz yoktu, bu sadece diğer çocuklarda gördüğümüz bir şeydi.

Glória çantamın alt kısmını tutup yokladı ve misketleri hissedince gülümsedi. Ancak okula yaklaşırken çarşının orada giyeceğimiz ayakkabılarımızı elimize aldık.

Sokağa çıkar çıkmaz Totoca bir koşu tutturup beni yalnız bırakırdı. Böylece içimdeki hinlik düşkünü şeytan uyanmaya başlardı. Aslında önden gitmesini tercih bile ederdim, çünkü böylece canımın istediğini yapabilirdim. Beni en çok büyüleyen şey Rio-São Paulo Otoyolu'ydu. Bir de yarasalık etmek. Yarasalık etmek unutulur mu hiç... Otomobillerin arkasına takılıp otoyolun o uğuldayan süratli rüzgârını duyumsamak... Dünyada bundan güzel bir şey yoktu. Hepimizin yaptığı bir şeydi. Bana Totoca öğretmiş, sıkı tutunmamı bin kez tembihlemişti, çünkü arkadan gelen arabalar çok tehlikeliydi. Zamanla ben de korkumu yenmiş ve macera düşkünlüğüm yüzünden en zor yarasalıklara dahi cüret etmeye başlamıştım. Öyle ustalaşmıştım ki Ladislau Efendi'nin arabasına bile takılmıştım; geriye bir tek Portekizlinin güzelim arabası kalmıştı. Pek alımlı ve bakımlı bir arabaydı. Lastikleri hep tertemizdi. Madenî kısımları öyle parlaktı ki insan kendi yansımasını görebilirdi. Kornası nefisti: Çayırdaki inekler gibi pes bir böğürtü çıkarırdı. Bütün bu güzelliklerin sahibi olan Portekizli ise dünyanın en asık suratlı adamıydı. Arabasına takılmaya kimse cesaret edemezdi. Anlatılanlara bakılırsa yakaladıklarını döver, öldürür, hatta öldürmeden önce hadım ederdi. Bugüne dek okuldaki çocukların hiçbiri onun arabasına takılmaya cüret edememişti.

Bundan Minguinho'ya bahsettiğimde şöyle demişti:

"Hiç kimse mi, Zezé?"

"Hiç kimse. Kimse cesaret edemiyor."

Minguinho'nun güldüğünü fark etmiştim, aklımdan geçenleri sezmiş olmalıydı.

"Sense kendini zor tutuyorsun, değil mi?"

"Gerçekten de öyle. Düşünüyorum da..."

"Ne düşünüyorsun?"

Gülme sırası bana gelmişti.

"Söylesene."

"Sen de amma meraklı çıktın."

"Nasılsa anlatacaksın; hep anlatırsın, içinde tutamazsın."

"Aklıma ne geldi, biliyor musun Minguinho? Ben evden saat yedide çıkmıyor muyum? Yediyi beş geçe sokağın köşesine geliyorum. Tamam işte, saat yediyi on geçe Portekizli arabasını köşeye park edip Sefalet ve Açlık'tan bir paket sigara alıyor... Yakında cesaretimi toplayıp arabasına binmesini bekleyeceğim, sonra da vın!"

"Buna cesaret edemezsin."

"Edemez miyim, Minguinho? Göreceksin," demiştim.

Şimdiyse kalbim gümbür gümbürdü. Araba durmuş, Portekizli inmişti. Minguinho'nun meydan okuması yüzünden korkumla cesaretim birbirine karışmıştı; kendimi tutmak istesem de kibrime karşı koyamadım. Dükkânın önünden geçip duvarın dibine çöktüm. Fırsattan istifade ederek ayakkabılarımı bez çantama koydum. Kalbim öyle hızlı atıyordu ki içeridekiler duyacaklar diye korkuyordum; Portekizli beni hiç fark etmeden dışarı çıktı. Arabanın kapısının açıldığını duydum...

"Ya şimdi ya asla, Minguinho!"

Korkunun da verdiği güçle tek sıçrayışta arkadaki yedek tekerleğe tutundum. Okulla aramızda müthiş bir mesafe bulunduğunu biliyordum. Sınıf arkadaşlarımın huzurunda ulaşacağım zaferi hayal ederek keyiflendim...

"Ay!"

Bu attığım çığlık öyle yüksek ve tizdi ki bardakiler kimin ezildiğini görmek için mekânın kapısına akın etti.

Yerden yarım metre yukarıda asılı halde çırpınmaktaydım, bir öne bir arkaya sallanıyordum. Kulaklarım cayır cayır yanıyordu. Planımda bir hata yapmıştım. Telaştan motorun sesine kulak vermeyi unutmuştum.

Portekizlinin yüzü daha da asılmıştı sanki. Gözlerinden kıvılcımlar saçıyordu.

"Vay arsız utanmaz! Sendin demek! Bacak kadar boyunla giriştiğin işe bak, bızdık!"

Tutuşunu gevşetti ve ayaklarım yere değdi. Kulaklarımdan birini bırakıp kolunu vuracakmış gibi kaldırdı.

"Arsız seni, her gün arabamı gözetlediğini fark etmediğimi mi sanıyorsun? Sana öyle bir ders vereceğim ki bir daha asla böyle bir şeye kalkışmayacaksın."

Maruz kaldığım aşağılanma, canımı kulaklarımdan daha çok yakıyordu. İçimden herife bir dolu küfür yağdırmak geliyordu. Ama beni bırakmıyordu ve düşüncelerimi tahmin etmişçesine boştaki elini tehditkâr bir tavırla savurmayı sürdürdü.

"Konuş! Küfretsene! Niye konuşmuyorsun?"

Gözlerim doldu, hem acı ve aşağılanma hem de kenardan olan biteni izleyerek kıs kıs gülen insanlar yüzünden.

Portekizli meydan okumaya devam etti:

"N'oldu, niye küfretmiyorsun, arsız?"

Göğsümde amansız bir isyan hissi kabardı ve ona öfkeyle karşılık vermeyi başardım:

"Şimdi konuşmuyorum, ama düşünüyorum. Büyüyünce sizi öldüreceğim."

Bunu duyunca kahkahayı bastı, kenardan izleyenler de ona katıldı.

"O zaman büyü de görelim, bıcırık. Ben burada bekliyorum. Ama ondan önce sana bir ders vereyim."

Aniden kulağımı bırakıp beni dizine yatırdı. Popoma tek bir şaplak indirdi, ama öyle kuvvetli vurdu ki popomun mideme yapıştığını sandım. Sonra da beni serbest bıraktı.

İnsanların alaycı gülüşmeleri eşliğinde sendeleyerek oradan ayrıldım. Acımı yatıştırmak için elimi kıçıma götürmeyi ancak sağıma soluma hiç bakmadan geçtiğim Rio-São Paulo Otoyolu'nun karşı tarafına ulaştığımda başarabildim. O... çocuğu! Görecekti gününü. İntikam yeminleri ediyordum. Yemin ediyordum ki... Ama o şerefsizler sürüsünden uzaklaştıkça acım dinmeye başladı. Asıl okuldakilerin kulağına gidince fena olacaktı. Minguinho'ya ne diyecektim? Bir hafta boyunca, Sefalet ve Açlık'ın önünden her geçişimde büyüklere özgü sinsilikleriyle bana güleceklerdi. Evden daha erken çıkmalı ve otoyolun karşısına başka taraftan geçmeliydim...

Çarşıya yaklaşırken böyle bir ruh hali içindeydim. Çeşmeye gidip ayaklarımı yıkadım ve ayakkabılarımı giydim. Totoca heyecanla beni bekliyordu. Yaşadığım rezaletten ona hiç bahsetmeyecektim.

"Zezé, bana yardım etmen lazım."

"N'oldu ki?"

"Bié'yi hatırlıyor musun?"

"Şu Barão de Capanema Sokağı'nda oturan öküz mü?"

"Aynen o. Çıkışta beni dövecek. Benim yerime onunla sen dövüşmek istemez misin?"

"İyi de beni öldürür."

"Bir şeycik olmaz, hem sen iyi kavga edersin, cesursun."

"Tamam. Çıkışta mı?"

"Çıkışta."

Totoca böyleydi, habire kavga çıkarır, sonra da benim üstüme yıkardı. Gerçi fena da olmamıştı. Portekizliye biriktirdiğim bütün hıncı Bié'den çıkaracaktım.

O gün öyle fena bir dayak yedim ki gözüm morardı, kollarım sıyrık içinde kaldı. Totoca ötekilerle beraber yere oturmuş, ikimizin de kitapları kucağında, tezahürat yapıyordu. Arada taktik verenler de oluyordu.

"Karnına kafa at, Zezé! Isırsana, geçir tırnaklarını şu yağ tulumuna! Apışarasını tekmele!"

Ama bütün tezahürata ve taktiğe rağmen, tatlıcının sahibi Rozemberg Efendi olmasa haşatım çıkacaktı. Tezgâhın arkasından fırladı ve Bié'nin yakasına yapışıp birkaç kez silkeledi.

"Hiç utanman yok mu senin? Eşek kadarsın, şu kadarcık çocuğa el kaldırıyorsun."

Rozemberg Efendi, ablam Lalá'ya içten içe tutkundu, evdekiler öyle diyorlardı. Hepimizi tanır, ablam yanımızdaysa bize mutlaka sırıtıp parıldayan altın dişlerini göstererek karamelalar ve bonbonlar ikram ederdi.

* * *

Kendimi tutamadım ve yaşadığım bozgunu Minguinho'ya anlattım. Zaten gözüm morarıp şişmişken saklamam da mümkün değildi. Babam da halimi görünce bana birkaç tane çakmış ve Totoca'ya bir vaaz çekmişti. Babam Totoca'ya asla vurmazdı. Bana vururdu, çünkü dünyada benden kötüsü yoktu.

Minguinho'nun da olan bitenleri duyduğu kesindi. O halde anlatmayacaktım da ne yapacaktım? Anlattıklarımı dinleyerek benimle beraber isyan etti ve anlatmayı bitirdiğimde buruk bir sesle konuştu:

"Vay ödlek!"

"Kavga yine bir şey değil, sen asıl..." dedim ve yarasalık ettiğim andan itibaren başıma gelenleri saniye saniye anlattım. Minguinho cesaretim karşısında hayrete düşmüştü ve şöyle dedi:

"Bir gün intikamını alırsın."

"Alacağım tabii. Tommiks'ten tabancasını, Fred Thompson'dan da Ay Işığı'nı ödünç alıp Komançilerle beraber bir pusu kuracağım; bir gün mutlaka onun kafa derisini bir değneğin ucunda dalgalandıracağım."

Ama çok geçmeden öfkem geçti ve başka şeylerden bahsetmeye başladık.

"Xururuca, söylemeyi unuttum. Geçen hafta iyi bir

öğrenci olduğum için ödül olarak bir masal kitabı kazanmıştım, adı *Büyülü Gül,* hatırlıyor musun?"

Minguinho kendisine Xururuca diye hitap ettiğimde çok sevinirdi; ne kadar sevildiğini en çok böyle anlarda hissederdi.

"Evet, hatırlıyorum."

"Sana anlatmadım ama o kitabı okudum bile. Masal bir prens hakkında, bir peri ona kırmızılı beyazlı bir gül vermiş. Prensin atı baştan aşağı altınlarla süslüymüş; kitapta aynen böyle diyor. Altın süslü atına binip macera peşine düşmüş. Karşısına ne zaman bir tehlike çıksa büyülü gülü sallamış, ortalığı sisler, dumanlar kaplamış ve prens kaçıp kurtulmuş. Aslında bu masalı biraz saçma buldum, Minguinho. Benim yaşamak istediğim maceralar gibi değil hiç. Macera diye asıl Tommiks ile Buck Jones'unkilere denir. Ya da Fred Thompson ve Richard Talmadge'inkilere. Çünkü onlar deli gibi savaşırlar, ateş ederler, yumruk savururlar... Tehlikeyle her karşılaştıklarında büyülü bir gül çıkarıp sallasalar hiçbir anlamı kalmaz. Sen ne dersin?"

"Bence de pek anlamı kalmaz."

"Ama benim soracağım bu değil. Soracağım şu: Sen bir gülün böyle büyülü olabileceğine inanıyor musun?"

"Doğrusu epey tuhaf bir şeymiş."

"İnsanlar olmayacak masallar anlatıp çocukların her şeye inanacağını zannediyorlar."

"Sahiden de öyle."

Bir ses duyduk, Luís yanımıza geliyordu. Küçük kardeşim her geçen gün daha da güzelleşiyordu. Ne ağlaktı ne de kavgacı. Ona bakmaya mecbur bırakıldığımda bile bunu seve seve yapıyordum.

Minguinho'ya şöyle dedim:

"Konuyu değiştirelim, çünkü bu masalı ona anlatırsam çok beğenecek. Küçücük çocuğun hayallerini yıkmayalım."

"Zezé, oyun oynayalım mı?"

"Ben oynuyorum zaten. Sen ne oynamak istiyorsun?"

"Hayvanat bahçesinde gezmek istiyorum."

Bıkkınlıkla bakışlarımı içinde karatavukla iki pilicin bulunduğu kümese çevirdim.

"Saat geç oldu. Aslanlar çoktan uyudu, Bengal kaplanları da. Bu saatte her yer kapandı. Artık bilet satılmıyor."

"O zaman Avrupa seyahatine çıkalım."

Açıkgöz her şeyi çabucak öğreniyor, her duyduğunu eksiksiz tekrarlıyordu. Ama benim içimden Avrupa seyahatine çıkmak gelmiyordu. Tek istediğim Minguinho'nun yanında kalmaktı. Minguinho benimle dalga geçmez, morarmış gözümü görmezden gelmezdi.

Küçük kardeşimin yanına oturdum ve sakince konuştum:

"Biraz bekle, bir oyun düşüneyim."

Ama çok geçmeden masumiyet perisi beyaz bir bulutun üstünde süzülerek geçti ve ağaçların yapraklarını, derenin oradaki otları ve Xururuca'nın yapraklarını kımıldattı. Hırpalanmış suratım bir gülümsemeyle aydınlandı.

"Bunu sen mi yaptın, Minguinho?"

"Ben yapmadım."

"Hah, harika o zaman, demek ki rüzgâr havası geliyor."

Sokağımızda her türlü hava görülürdü. Bilye havası. Topaç havası. Sinema yıldızı kartı biriktirme havası. En güzeli de uçurtma havasıydı. Gökyüzünün her yanı rengârenk uçurtmalarla dolardı. Her şekilden güzeller güzeli uçurtmalar. Havada savaşlar kopardı. Toslamalar, dalaşmalar, düğümlenmeler ve kesikler...

Misinası jiletle kesilen uçurtma boşlukta daireler çizer, kendi ipine dolanıp yere çakılırdı; bütün bunlar görmeye değer şeylerdi. Dünya bir tek sokaktaki çocuklara ait olurdu adeta. Bangu Mahallesi'nin bütün sokakları. Derken elektrik tellerine uçurtma cesetleri birikir, elektrik şirketinin kamyonu koşar adım yetişirdi. Görevliler tellere çıkıp ölü uçurtmaları öfkeyle ayıklarlardı. Rüzgâr... rüzgâr...

Rüzgârla beraber aklıma bir fikir geldi.

"Avcılık oynayalım mı, Luís?"

"Ben ata binemem."

"Büyüyünce binebilirsin. Sen şuraya otur, beni izleyerek öğrenmeye çalış."

Minguinho dünyanın en güzel atına dönüşüverdi; rüzgâr arttı ve derenin oradaki yoluk otlar yemyeşil, engin bir ovaydı artık. Üstümdeki kovboy giysisi altın süslerle kaplanmıştı. Göğsümdeki şerif yıldızı göz kamaştırıyordu.

"Hadi, sevgili atım, gidelim! Koş, koş!"

Dıgıdık, dıgıdık, dıgıdık; Tommiks ile Fred Thompson da bana katılmışlardı; Buck Jones bu kez gelmek istememişti, Richard Talmadge ise başka bir film çekiyordu.

"Hadi, gidelim, sevgili atım! Koş, koş! İşte Apaçi dostlarımız tozu dumana katarak geliyorlar!"

Dıgıdık, dıgıdık, dıgıdık! Yerlilerin atları müthiş bir gürültü çıkarıyordu.

"Koş, koş, sevgili atım, ova bizonlarla ve bufalolarla dolu! Ateş açın, arkadaşlar!" *Dan, dan, dan... Tak, tak, tak...* Ve oklar *fıy, fıy, fıy* diye ıslık çalarak geçiyordu...

Rüzgâr, atların gürültüsü, çılgın koşuşturma, toz bulutları ve Luís'in çığlık atarcasına yükselen sesi.

"Zezé! Zezé!"

Atımı yavaşça durdurdum ve kahramanlık etmekten yorulmuş halde nefes nefese yere indim.

"N'oldu? Bufalolardan biri üstüne mi yürüdü yoksa?"

"Yok. Başka bir şey oynayalım. Bu oyunda çok yerli var, korkuyorum."

"Ama bunlar Apaçi yerlileri. Hepsi dostumuz."

"Ben yine de korkuyorum. Çok yerli var."

İkinci Bölüm

Fetih

İlk günlerde, arabasını park edip sigara almaya çıkan Portekizliyle karşılaşmamak için evden biraz daha erken çıkıyordum. Üstüne bir de yolun karşı tarafında geçiyor, evlerin önlerinde çit misali yükselen çalıların gölgesine sığınarak ilerliyordum. Rio-São Paulo Otoyolu'na ulaşır ulaşmaz karşıya geçiyor ve ayakkabılarım elimde, fabrikanın yüksek duvarına iyice sokularak yoluma devam ediyordum. Günler geçtikçe bu önlemler gereksizleşti. Sokağın hafızası zayıf olduğundan, Paulo Efendi'nin oğlunun nice muzırlığından biri de çok geçmeden unutuldu gitti. Beni suçlarken hep öyle derlerdi: "Paulo Efendi'nin oğlu yapmıştır... Paulo Efendi'nin haylaz oğlunun işidir... Hani Paulo Efendi'nin yumurcağı var ya, o yapmıştır..." Bir seferinde şakaya bile malzeme etmişler, Bangu futbol takımı Andaraí'ye farkla yenildiğinde, "Bangu'yu Paulo Efendi'nin oğlundan bile beter hırpaladılar..." diye dalga geçmişlerdi.

Bazen o lanet arabayı köşede park etmiş halde görür, Portekizliyle karşılaşmamak için adımlarımı hızlandırırdım; nasılsa büyüdüğümde onu öldürecek, dünyanın ve Bangu'nun en güzel arabasının küstah sahibini gebertecektim.

Derken birkaç gün ortalarda görünmedi. Aman ne

rahatladım! Herhalde uzak bir yerlere seyahat etmiş ya da tatile falan çıkmıştı. Okula eskisi gibi yüreğim ferah gidebilmeye başladım, aslında o herifi öldürmeye değmeyebilirdi de. Kesin olan bir şey vardı: Alelade arabalara takıldığımda artık eskisi gibi heyecan duymuyordum ve kulaklarım alev alev yanmaya başlıyordu.

Evdekilerin ve sokaktakilerin yaşantısıysa her zamanki gibi devam ediyordu. Uçurtma havası gelince sokağa çıkmayan kalmadı. Mavi gökler dünyanın en güzel ve en rengârenk uçurtmalarıyla beneklenerek adeta gündüz vakti yıldızlarla doldu. Rüzgâr havası gelince Minguinho'yu ya biraz yalnız bıraktım ya da sıkı bir şamar yiyip evden çıkma cezası almadıkça yanına uğramadım. Cezaya uymayıp evden kaçmaya çalışmazdım, çünkü art arda dayak yemek çok can yakıyordu. Böyle günlerde, Kral Luís'le şeker portakalı fidanımı süslerdik, bu süsleme kelimesini çok sevmiştim. Bu arada Minguinho da feci boy atmıştı, çok yakında bana çiçekler ve meyveler vermeye başlayacaktı. Öbür portakal ağaçları hiç böyle hızlı değildi. Şeker portakalım da, tıpkı Edmundo Dayımın benim için dediği gibi tam bir "akıl küpü" idi. Dayım bana bu ifadenin anlamını açıklamış, başka şeylerden çok daha önce gerçekleşen şeylere dendiğini söylemişti. Galiba doğru düzgün açıklamayı becerememişti. Her şeyin vakti geldikçe zaten gerçekleştiğini söylemek istemişti herhalde...

Kurdele parçaları ve iplik artıkları buluyor, ortasını deldiğim bir sürü şişe kapağını bunlara diziyor ve Minguinho'yu süslüyordum. Nasıl da güzelleşiyordu. Rüzgâr esince şişe kapakları birbirine çarpıyor ve atı Ay Işığı'nın tepesindeki Fred Thompson'un gümüş mahmuzları gibi şıngırdıyordu...

Okulun dünyası da çok güzeldi. Bütün milli marşlarımızı ezbere biliyordum. Asıl marş uzun olandı, öbür milli marşlarsa "Bayrak Marşı" ve *Özgürlük! Özgürlük! Ger kanatlarını üzerimize!* diye sözleri olan marştı. Benim en sevdiğim marş buydu, sanırım Tommiks de aynı fikirdeydi. Savaşıp avlanmadığımız zamanlarda, at üstünde giderken bana saygıyla şöyle rica ederdi:

"Hadi, Pinagé savaşçısı, 'Özgürlük Marşı'nı söyle."

İncecik sesim engin düzlükleri doldurur, Ariovaldo Efendi'nin yanında salı günleri yardımcı şarkıcı olarak söylediğim zamankinden çok daha güzel çınlardı.

Salı günleri hep okulu kırar ve dostum Ariovaldo'yu getirecek treni beklerdim. Daha istasyonun basamaklarından inerken elini kaldırarak getirdiği şarkı sözlerini gösterirdi. Yanında tıka basa şarkı sözleriyle dolu iki bez çanta daha taşırdı. Çoğunlukla hepsini satar, böylece ikimizi de büyük bir sevince boğardı...

Okuldayken teneffüslerde, vakit bulduğumuzda misket oynardık. Ben işin kurdu dedikleri türden bir oyuncuydum. Hedefi her seferinde tutturur, bez çantamda şıngırdayan misketlerin sayısını üçe katlamadan eve dönmezdim.

En dokunaklı olansa öğretmenim Dona Cecília Paim'in haliydi. Benim sokaktaki en muzip çocuk olduğumu ne kadar söyleseler de inanmıyordu. Tıpkı küfür dağarcığımın herkesinkinden geniş olduğuna inanmadığı gibi. Aynı şey muzırlıkta bütün çocukları geride bırakmam için de geçerliydi. Buna asla inanmıyordu. Okuldayken bir melekten farksızdım. Bir kez olsun azar işitmemiş, okulun o güne kadarki en ufak tefek öğrencilerinden biri olduğum için bütün öğretmenlerin sevgilisi haline gelmiştim. Dona Cecília Paim fakir olduğumuzu bildiğinden, beslenme saatinde, herkesin yemeklerini çıkardığını görünce duygulanıyor ve beni yanına çağırıp seyyar satıcıdan kremalı çörek almam için para veriyordu. Bana öyle büyük bir şefkat gösteriyordu ki galiba sırf onu hayal kırıklığına uğratmamak için uslu duruyordum.

Derken bir şey oldu. Ben Rio-São Paulo Otoyolu'nun kıyısında, her zamanki gibi yavaş adımlarla yürümekteyken Portekizlinin arabası yavaşçacık yanımdan geçti. Kornası üç kez öttü ve canavarın gözlerini bana dikmiş gülümsediğini fark ettim. Böylece öfkem yeniden alevlendi ve büyüyünce onu öldürmeyi arzuladım. Göğsümü şişirip suratımı astım ve onu görmezlikten geldim.

* * *

"Aynen sana anlattığım gibi, Minguinho. Her Allahın günü. Sanki benim geçeceğim ânı bekliyor ve asılıyor kornaya. Üç kez çalıyor. Dün bana el bile salladı."

"Ya sen?"

"Hiç oralı olmuyorum. Görmezden geliyorum. Şimdiden korkmaya başladı; göreceksin, altı yaşıma da bastım mı çok yakında koca adam olacağım."

"Korktuğu için mi seninle dostluk kurmaya çalışıyor sence?"

"Kesinlikle. Bekle biraz, kasayı getireyim."

Minguinho epey büyümüştü. Artık eyerine tırmanmak için bir meyve kasasının üstüne çıkmam gerekiyordu.

"İşte oldu, artık rahatça konuşabiliriz."

Dalına çıktığımda dünyanın tepesindeymişim gibi hissediyordum. Manzara gözlerimin önüne seriliyordu; derenin oradaki otlar, yiyecek kalıntıları peşinde orada eşelenen kara tanager ve ispinoz kuşları... Akşam olunca, hava daha tam kararmadan başka bir Luciano gelip başımın tepesinde Campo dos Afonsos'tan havalanan uçaklar gibi daireler çizmeye başlardı. Minguinho yarasadan korkmuyor oluşumu takdirle karşılamıştı, çünkü çocukların çoğu yarasadan korkardı. Luciano ise günlerdir ortalarda görünmemişti. Herhalde başka yerlerde başka Campo dos Afonsos'lar bulmuştu.

"Gördün mü, Minguinho, Nega Eugênia'nın evindeki guava ağaçları sararmaya başlamış. Belli ki guavalar tam kıvama gelmiş. Yakalanırsam da canı cehenneme, Minguinho. Bugün zaten üç kez şamar yedim. Ceza verdiler diye buradayım..."

Fakat şeytan elimden tutup beni yere indirdi ve çit niyetine yükselen çalılara kadar sürükledi. Akşamüstü esintisi guavaların kokusunu burnuma kadar getiriyordu ya da belki bana öyle geliyordu. Önce bir yana baktım, sonra dalları aralayıp öbür yana baktım, etrafta kimselerin olmadığına emin oldum... şeytansa kulağıma fısıldıyordu: "Hadi, sersem, baksana etrafta kimse yok. Ablan bu saatte Japon'un bakkaliyesine gitmiştir. Benedito Efendi mi? Hiç dert etme. Kör ve sağır sayılır. Burnunun ucunu zor görür. Duysa bile rahatça kaçarsın..."

Çit boyunca ilerleyerek dereye ulaştım ve kararımı verdim. Önce arkamı dönüp Minguinho'ya ses çıkarmamasını işaret ettim. Kalbim şimdiden gümbür gümbür atmaya başlamıştı. Nega Eugênia şakaya gelmezdi. Diline düşenin hali haraptı.

Nefesimi tutmuş, ayakuçlarıma basarak ilerliyordum ki kadının gür sesi mutfak penceresinden duyuldu:

"N'oluyor bakayım, ufaklık?"

Aklıma yalan söylemek bile gelmedi, oysa kaçan topumu almaya geldiğimi uydurabilirdim. Aniden koşmaya başladım ve cumburlop, dereye atladım. Ama burada beni başka bir şey bekliyordu. Hissettiğim acı öyle büyüktü ki neredeyse bağıracaktım, ama bağırırsam yiyeceğim dayak ikiye katlanırdı: Hem cezalıyken evden kaçtığım için dayak yerdim hem de komşunun guavasını çalmış kaçarken kırık bir cam parçasına basarak sol ayağımı kestiğim için.

Acıdan başım dönerek ayağımdaki şişe kırığını çekiştirdim. Alçak sesle inleyerek kanımın derenin kirli suyuna karışmasını izledim. Şimdi ne yapacaktım? Gözlerim yaşlarla dolarak camı çıkarmayı başardım, ama kanamayı nasıl durduracağımı bilmiyordum. Acıyı hafifletmek için ayak bileğimi sımsıkı kavramıştım. Dişimi sıkmak zorundaydım. Hava kararmak üzereydi ve babam, annem ve Lalá yakında eve döneceklerdi. Hangisine yakalanırsam yakalanayım dayak yiyeceğim kesindi. Belki de beni sırayla döverlerdi. Yalpalayarak derenin kenarına tırmandım ve tek ayağımın üstünde sekip şeker portakalı fidanımın dibine oturdum. Hâlâ çok canım yanıyordu, ama kusma isteğim geçmişti.

"Bak, Minguinho."

Minguinho dehşete düştü. Tıpkı benim gibi o da kan görmeye dayanamıyordu.

"Tanrım, ne yapacağız?"

Totoca bana pekâlâ yardım edebilirdi, ama bu saatte kim bilir neredeydi... Glória vardı. Glória mutfakta olmalıydı. Habire dayak yememden hoşlanmayan tek kişi oydu. Kulaklarımı çekebilir ya da beni yine cezalandırabilirdi. Yine de denemek zorundaydım.

Ayağımı sürüye sürüye mutfak kapısına giderken bir yandan da Glória'yı nasıl ikna edeceğimi düşünüyordum. Nakış işlemekle meşguldü. Sarsakça yanaşıp oturdum ve bu kez Tanrı yardımcım oldu. Ablam bana bakınca boynumun bükük olduğunu gördü. Cezalı olduğum için hiçbir şey söylememeyi tercih etti. Gözlerim doldu ve burnumu çektim. Göz göze geldik. Nakış işleyen elleri durmuştu.

"N'oldu, Zezé?"

"Hiç, Godóia... Neden kimse beni sevmiyor?"

"Hep hinlik peşindesin de ondan."

"Bugün tam üç kez dayak yedim, Godóia."

"Hak etmedin mi ki?"

"Ondan değil. Kimse beni sevmediğinden herkes bana vurmak için bahane arıyor."

Glória'nın on beş yaşındaki yüreği yumuşamaya başlamıştı. Bunu hissedebiliyordum.

"Galiba yarın Rio-São Paulo Otoyolu'nda bir arabanın altında kalıp ezilsem en iyisi olacak."

Bunu dediğim anda yaşlar sel olup gözlerimden boşandı.

"Saçmalama, Zezé. Ben seni çok seviyorum."

"Hiç de sevmiyorsun. Sevseydin bugün bu kadar dayak yememe izin vermezdin."

"Hava kararıyor, bu saatten sonra muzırlık yapacak vakit kalmadığı için daha dayak da yemezsin."

"İyi de zaten yaptım bile..."

Nakış işini elinden bırakıp yanıma geldi. Ayağımın etrafındaki kan birikintisini gördüğünde çığlık atmamak için kendini zor tuttu.

"Aman Tanrım! Gum, n'aptın böyle?"

Maçı şimdiden kazanmıştım. Bana "Gum" diye hitap ettiğine göre kurtuldum demekti.

Beni kucağına alıp bir sandalyeye oturttu. Hemen bir leğen su getirip içine tuz attı ve ayaklarımın dibinde diz çöktü.

"Çok acıyacak, Zezé."

"Zaten çok acıyor."

"Tanrım, kesiğin boyu neredeyse üç parmak. Nasıl becerdin bunu, Zezé?"

"Kimseye anlatma. Lütfen, Godóia, söz veriyorum uslu duracağım. Bana daha fazla vurmalarına izin verme..."

"Tamam, anlatmam. Ama nasıl olacak? Ayağındaki sargıyı herkes görecek. Yarın okula da gidemeyeceksin. Er ya da geç öğrenecekler."

"Okula giderim. Köşeye kadar ayakkabılarımı ayağımdan çıkarmam. Sonrası daha kolay."

"Şimdi hemen yatıp ayağını uzatman lazım, yoksa yarın üstüne bile basamazsın."

Koluma girdi ve seke seke yatağıma gittim.

"Kimse gelmeden yemen için bir şeyler getireceğim."

Yemekle yanıma döndüğünde dayanamayıp yanağına bir öpücük kondurdum. Böyle bir şey yaptığım nadir görülürdü.

* * *

Herkes eve dönüp akşam yemeğine oturunca annem ortalarda olmadığımı fark etti.

"Zezé nerede?"

"Uzandı. Sabahtan beri başım ağrıyor diye söyleniyordu."

Konuşulanları duydukça mest oluyor, yaramın sızlamasını bile unutuyordum. Hakkımda konuşulmasına bayılıyordum. Derken Glória ansızın beni savunmaya girişti. Aksi ve suçlayıcı bir tavırla sesini yükseltti:

"Bence onu çok fazla dövüyorsunuz. Bugün haşatını çıkarmışsınız. Bir günde üç kere de dayak atılmaz ki."

"Ama haşarının teki. Dayak yemedikçe uslu durmuyor! Sen de ona vurmuyor musun sanki?"

"Çok nadiren. Olsa olsa kulağını çekiyorum."

Bir sessizliğin ardından Glória beni savunmayı sürdürdü.

"Sonuçta daha altı yaşında bile değil. Ne kadar azgınlık etse de henüz küçücük bir çocuk."

Bu konuşma beni müthiş mutlu etti.

* * *

Glória telaşla beni hazırlamaya girişmiş, ayakkabımı giydirmekteydi.

"Üstüne basabilecek misin?"

"Evet, dayanırım."

"Rio-São Paulo Otoyolu'nda sersemlik etmezsin, değil mi?"

"Yok, etmem."

"Dün söylediğinde ciddi miydin?"

"Değildim. Kimsenin beni sevmediğini düşünerek çok üzüldüğüm için öyle dedim."

Sarı lülelerimi okşadı ve beni yolcu etti.

İşin zor kısmının sadece otoyola ulaşmak olduğunu sanıyordum. Orada ayakkabıları çıkardığımda acım dinecekti. Ama ayağım doğrudan yere değdiği anda dengede durabilmek için fabrikanın duvarına yaslanarak ilerlemek zorunda kaldım. Bu gidişle okula asla varamayacaktım.

Derken beklenmedik bir şey oldu. Malum korna üç kez öttü. Namussuz! Acıdan öldüğüm yetmiyormuş gibi bir de dalga geçmeye gelmişti...

Araba hemen yanımda durdu. Portekizli camdan dışarı eğilip sordu:

"Vay bızdık, ayağını mı yaraladın?"

"Sana ne!" diyesim geldi. Ama bana arsız demediği için karşılık vermedim ve beş metre daha yürüdüm.

Arabayı çalıştırıp yanımdan geçti ve duvara iyice yanaşıp durdu, şeridin biraz dışına çıkarak yolumu kesmişti. Kapısını açıp indi. Cüsseli bir karaltı halinde tepeme dikildi.

"Canın çok yanıyor mu, bızdık?"

Vaktiyle dayağını yediğim birinin benimle böylesine tatlı ve dostane bir sesle konuşması görülmüş şey değildi. Daha da sokuldu ve şişman gövdesinden beklenmeyen bir çeviklikle diz çökerek göz hizama geldi. Gülümsemesi öyle nazikti ki adeta şefkat saçıyordu.

"Görünüşe bakılırsa fena yaralanmışsın, ha? N'oldu?"

Karşılık vermeden önce birkaç kez burnumu çektim.

"Cam kesiği."

"Derin mi?"

Parmaklarımla kesiğin boyunu gösterdim.

"Vah, çok fena! Niye evde kalmadın ki? Okula gidiyor gibi bir halin var, öyle mi?"

"Evde kimsenin yaramdan haberi yok. Öğrenirlerse bir daha yapmamam için ders olsun diye bir dayak daha atarlar..."

"Gel, seni ben götürürüm."

"Hayır, efendim, teşekkürler."

"Niye ki?"

"Okuldaki herkes olayımızı biliyor."

"İyi de bu halde yürüyemezsin."

Başımı eğip bu gerçeği kabul ettim ve gururumun tamamen dağılmak üzere olduğunu hissettim.

Çeneme dokunarak başımı kaldırdı.

"Geçmişte yaşananları unutalım. Sen şimdiye kadar hiç arabaya bindin mi?"

"Yok efendim, hiç binmedim."

"O zaman bin de seni götüreyim."

"Olmaz. Biz düşmanız."

"Olsun, ben aldırmam. Utanıyorsan okula gelmeden önce inersin. İster misin?"

Öyle duygulanmıştım ki cevap bile veremedim. Sadece başımı evet anlamında salladım. Beni kucağına aldı, arabanın kapısını açtı ve özenle koltuğa yerleştirdi. Sonra arabanın etrafından dolanıp kendi koltuğuna oturdu. Motoru çalıştırmadan önce bana tekrar gülümsedi.

"Böyle çok daha iyi olduğun kesin."

Kayarcasına ilerleyen ve arada sırada hafifçe savrulan arabanın verdiği nefis hisse kapılarak gözlerimi kapattım ve hayallere daldım. Arabanın ilerleyişi Fred Thompson'un atı Ay Işığı'ndan bile daha yumuşak ve hoştu. Ama çok sürmedi, çünkü gözlerimi açtığımda okula gelmek üzereydik. Ana kapıdan içeri akın eden öğrenci kalabalığını görebiliyordum. Ürkerek koltukta büzüldüm ve saklanmaya çalıştım. Kaygılı bir sesle konuştum:

"Söz vermiştiniz, okuldan önce duracaktınız."

"Fikir değiştirdim. Ayağını bu halde bırakamazsın. Tetanos olursun."

Bu güzel ve gizemli sözcüğün anlamını sormayı bile başaramadım. Gitmek istemediğimi söylesem de fayda etmeyeceğini biliyordum. Araba Casinhas Sokağı'na sapınca ben de doğrulup önceki gibi oturdum.

"Sen cesur bir delikanlıya benziyorsun. Şimdi bunun doğru olup olmadığını beraber göreceğiz."

Eczanenin önünde durdu ve beni kucağına aldı. Dr. Adaucto Luz'u karşımızda görünce ödüm koptu. Fabrikada çalışanların da doktoruydu ve babamı iyi tanırdı. Gözlerini bana dikip soruyu yapıştırdığında korkum daha da arttı:

"Sen, Paulo Vasconcelos'un oğlusun, değil mi? Baban iş bulabildi mi?"

Portekizlinin babamın işsiz olduğunu öğrenmesinden büyük utanç duysam da mecburen cevap verdim:

"Hâlâ bekliyor. Bir sürü teklif aldı..."

"Neyse, biz işimize bakalım."

Kesiğin üstündeki yapış yapış sargıları çekti ve gördüğü karşısında etkilenmiş gibi hımladı. Dudağımı sarkıttım, ağlamak üzereydim. Ama Portekizli beni kendine çekerek imdadıma yetişti.

Beni beyaz örtülerle kaplı bir masaya oturttular. Demir aletler ortaya çıktı. Tir tir titriyordum. Portekizlinin sırtımı göğsüne dayamış olması ve omuzlarımı aynı anda hem sertçe hem de şefkatle tutuşu titrememi bir nebze azaltıyordu.

"Fazla acımayacak. Bitince seni gazoz içip şekerleme yemeye götüreceğim. Ağlamazsan sana içinden sinema yıldızı kartı çıkan şekerlerden alırım."

Böylece bütün gücümü seferber edip cesaretimi topladım. Gözyaşlarım sel olup aksa da yaptıklarına hiç engel olmadım. Dikişler attılar, hatta tetanos aşısı yaptılar. Kusmak üzere olsam da kendimi tuttum. Portekizli beni öyle sıkı tutuyordu ki acımın birazını kendine aktarmak istiyordu adeta. Mendiliyle terden sırılsıklam yüzümü ve saçlarımı siliyordu. Bu işkence hiç bitmeyecekti sanki. Ama sonunda bitti.

Beni arabaya geri taşırken Portekizlinin keyfi yerindeydi. Söz verdiği her şeyi satın aldı. Halbuki benim canım hiçbir şey istemiyordu. Ayaklarımdan tutarak ruhumu çekip almışlardı sanki...

"Bu halde okula gidemezsin, bızdık."

Arabadaydık ve ona yapışırcasına sokulmuştum, kolu bana sürttükçe direksiyonu çevirmekte zorlanıyordu.

"Seni evinin oraya götüreceğim. İstediğin yalanı uydurabilirsin. İstersen teneffüste ayağını kestiğini ve öğretmenin seni eczaneye gönderdiğini söyle..."

Üstüne diktiğim bakışlarımda minnet vardı.

"Sen cesur bir delikanlısın, bızdık."

Canım yansa da gülümsedim, bu acı sayesinde önemli bir şey keşfetmiştim. Portekizli, dünyada en sevdiğim insandı artık.

Üçüncü Bölüm
Havadan sudan muhabbetler

Biliyor musun, Minguinho, ben her şeyi öğrendim bile. Hem de her şeyi. O, Barão de Capanema Sokağı'nın sonunda oturuyor. Ta en sonunda. Arabasını evinin yanına park ediyor. Evinde iki kafes var, birinde bir kanarya, öbüründeyse bir mavigerdan. Bir sabah erkenden boyacı sandığımı omzuma asıp gamsızca oranın yolunu tuttum. Gitmeyi öyle istiyordum ki, Minguinho, bu kez sandığımın ağırlığını hissetmedim bile. Varınca evi iyice inceledim ve tek başına yaşayan biri için fazlasıyla büyük buldum. Onu görebiliyordum, evin yan kısmı boyunca uzanan koridorun ucunda, arka taraftaki çamaşır teknesinin önündeydi. Tıraş oluyordu.

El çırptım.

"Boyatmak ister misiniz?"

Ön tarafa çıktı, yüzü köpük içindeydi. Henüz sadece bir yanını tıraş etmişti. Gülümseyerek konuştu:

"Ha! Sen miydin? İçeri gel, bızdık."

Peşi sıra içeri girdim.

"Bekle, işimi hemen bitiriyorum."

Ardından usturayı yüzüne *hırş, hırş, hırş* sürtmeye koyuldu. Büyüyüp adam olduğumda benim de sakalım böyle güzel çıksa da *hırş, hırş, hırş* tıraş edebilsem, diye geçirdim aklımdan.

Sandığıma oturup beklemeye koyuldum. Aynadan bana baktı.

"Okul n'oldu?"

"Bugün resmî tatil. Bu yüzden birkaç kuruş kazanmak için boyacı sandığımı alıp çıktım."

"Ha!"

Tıraşa devam etti. Sonra çamaşır teknesine eğilip yüzünü yıkadı. Havluyla kurulandı. Yanakları ışıl ışıl kızarmıştı. Sonra yine güldü.

"Beraber kahvaltı etmek ister misin?"

İstiyordum ama istemediğimi söyledim.

"Gel."

İçerisi nasıl da tertemiz ve derli topluydu, görmeni isterdim Minguinho. Masanın üstünde kırmızı beyaz kareli örtü bile vardı. Örtünün üstündeyse fincan bile vardı. Bizdeki gibi kupa değil, bayağı fincan. Her gün kendisi iş için evden çıktığında ihtiyar bir zenci kadının gelip eve "çekidüzen verdiğini" söyledi.

"İstersen sen de benim gibi yap, ekmeğini kahveye ban. Ama yerken ağzını şapırdatma. Ayıp," dedi.

Durup Minguinho'ya baktım, bez bebek gibi suskunlaşmıştı.

"N'oldu?" diye sordum.

"Hiç. Dinliyorum."

"Bak Minguinho, ben tartışmayı hiç sevmem, sıkıldıysan en iyisi hemen söyle."

"Sen artık sadece Portekizliyle oynuyorsun ve ben bu oyuna katılamam."

Biraz düşündüm. Haklıydı. "Oyun"a katılması mümkün değildi.

"İki gün sonra Buck Jones'la buluşacağız. Oturan Boğa adlı reisle ona bir mesaj gönderdim. Buck Jones uzaklarda, Savana'da avlanıyor... Minguinho, bu kelimeyi *savaana* diye mi okuyoruz yoksa *savanaa* diye mi?

Filmde *savana* diye yazılıyordu. Bilemiyorum. Dindinha'nın evine gittiğimde Edmundo Dayıma sorarım."

Yine bir sessizlik oldu.

"Neyse, nerede kalmıştık?"

"Kahveyi ekmeğe banıyordun."

Kahkahayı bastım.

"Kahveyi ekmeğe değil, sersem."

Anlatmaya kaldığım yerden devam ettim. Portekizli de ben de konuşmuyorduk, gözlerini üstüme dikmişti.

"Sonunda nerede oturduğumu keşfetmeyi başarmışsın," dedi.

Ne diyeceğimi bilemedim. Doğruyu söylemeye karar verdim.

"Söylersem kızmayacaksanız..."

"Kızmam. Arkadaşlar arasında sır olmaz..."

"Ben aslında buraya ayakkabı boyamaya gelmedim."

"Tahmin etmiştim."

"Aslında çok isterdim... Yolun bu tarafında çok toz olduğundan kimse ayakkabısını boyatmıyor. Sırf Rio-São Paulo Otoyolu'nun orada oturanlar boyatıyor."

"Boyacı sandığını yüklenmeden de gelebilirdin, değil mi?"

"Sandığımı yüklenmesem dışarı çıkmama izin vermezlerdi. Evden uzaklaşmama izin yok. Arada sırada eve uğrayıp kendimi göstermeliyim, anlarsınız ya. Uzağa gideceksem çalışacakmış gibi görünmem lazım."

Kurduğum mantığa güldü.

"Çalışmaya çıktıysam evdekiler hinlik peşinde olmadığımı bilirler. Böylesi daha iyi, çünkü daha az dayak yerim."

"Dediğin kadar afacan olduğunu sanmıyorum."

Bunu duyunca hemen ciddileştim:

"Ben yaramazın tekiyim. Çok kötü bir çocuğum. Bu yüzden Noel'de benim için İsa değil şeytan doğar ve kimse bana hediye almaz. Tam bir baş belasıyım. Haşarıyım. İtin tekiyim. Kalastan farksızım. Ablalarımdan birinin dediğine göre o kadar kötüymüşüm ki hiç doğmasaymışım daha iyiymiş..."

Şaşkınlıkla başını kaşıdı.

"Bir tek bu hafta bile sürüyle dayak yedim. Bazıları epey feciydi. Yapmadığım şeyler yüzünden de dayak yerim. Her şeyin suçu bana yıkılır. Herkes bana vurmaya alışkın."

"İyi de bu kadar kötü ne yaptın ki?"

"Şeytanın işi olsa gerek. Aniden içimden geliyor ve... yapıyorum. Bu hafta Nega Eugênia'nın çitini ateşe verdim. Dona Cordélia'yı paytak diye diye çileden çıkardım. Öylesine vurduğum paçavradan bir top aksi gibi Dona Narcisa'nın penceresinden içeri girdi ve büyük aynasını kırdı. Sapanımla üç ampul kırdım. Abel Efendi'nin oğlunun kafasına taş attım."

"Yeter, yeter."

Gülümsediğini belli etmemek için elini ağzına siper ediyordu.

"Daha bitmedi ki. Dona Tentena'nın yeni diktiği körpecik fidanları söktüm. Dona Rosena'nın kedisine bir misket yutturdum."

"Ay! Sakın ha! Hayvanların eziyet çekmesine hiç dayanamam."

"Ama iri misketlerden değildi. Minnacıktı. Hayvana bir müshil verdiler, hemen çıkardı. Bana misketimi geri vereceklerine sıkı bir dayak attılar. En fenası da, tam uykuya daldığımda babamın takunyasıyla beni tokatlamaya başlamasıydı. Niçin dayak yediğimi bile bilmiyordum."

"Niçinmiş peki?"

"Bir sürü çocuk, hep beraber bir filme gittik. Daha ucuz olduğundan en arkalardan bilet aldık. Derken öyle bir sıkıştım ki... Dayanamayıp duvarın köşesine yaptım.

Koca bir birikinti oldu. Çıkıp filmi kaçıracak değildim ya. Oğlanlar nasıl olur, bilirsiniz. Biri yaptı mı hepsinin canı çeker. Herkes birer birer duvarın köşesine uğramaya başladı ve birikinti büyüyüp nehir oldu. Sonunda her şey kimin başına yıkıldı dersiniz: Paulo Efendi'nin oğluna. Akıllanayım diye bir yıl boyunca Bangu Sineması'na girmemi yasakladılar. Akşamleyin sahibi, olanları babama anlattı, tabii babamın hiç hoşuna gitmedi... ve acısını benden çıkardı."

Minguinho hâlâ sıkkın görünüyordu.

"Bak Minguinho, böyle yapmana gerek yok. O benim en iyi arkadaşım. Ama sen ağaçların mutlak kralısın, tıpkı Luís'in kardeşlerimin mutlak kralı olduğu gibi. Bilesin ki kalbimiz kocaman olduğu sürece sevdiğimiz her şey içine sığar."

Sessizlik.

"Biliyor musun, Minguinho? Ben misket oynayacağım. Senin tadın kaçmış."

* * *

Başta arkadaşlığımızı sır gibi saklamamızın tek sebebi, vaktinde dayak yediğim adamın arabasında görünmekten utanç duymamdı. Bu sır bir süre daha sürmüştü, çünkü sır paylaşmak hoş bir şeydi. Portekizli bu konudaki bütün taleplerimi yerine getiriyordu. Arkadaşlığımızı kimsenin bilmeyeceğine ölümüne yemin etmiştik. Bunun birinci sebebi, başka çocukları arabaya almak istemiyor oluşumdu. Tanıdıklarımı, hatta Totoca'yı bile görünce eğilirdim. İkinci sebebiyse, sürüyle muhabbetimize başka kimseyi dahil etmeyi istemememdi.

"Siz annemi hiç görmediniz mi? O yerlidir. Anne babası hep yerlidir. Bizim evde herkeste biraz yerlilik vardır."

"Peki nasıl oldu da sen böyle akça pakça çıktın? Üstüne bir de saçların sapsarı, neredeyse beyaz."

"Ailenin Portekizli tarafına çekmişim. Ama annem yerli. Rengi koyu esmer, saçları dümdüz. Bir Glória bir de ben böyle çıkmışız, rengimiz bozuk. Kirayı ödeyebilmek için annem İngiliz Değirmeni'ndeki dokuma tezgâhlarında çalışıyor. Geçen gün makara dolu bir kutuyu kaldırırken beline feci bir ağrı saplandı. Doktora gitmesi gerekti. Doktor takması için ona özel bir kemer verdi, bel fıtığı olmuş. Aslında annem bana iyi bile davranıyor. Bana ancak bahçedeki ince ebegümeci dallarıyla vuruyor ve sadece ayaklarımı hedef alıyor. Her zaman öyle bitkin ki akşam eve döndüğünde konuşacak hali bile olmuyor."

Araba ilerlerken ben de gevezeliğe devam ediyordum.

"Asıl büyük ablam fettan. Aklı fikri sevgililerinde. Annem bizi ona emanet ettiğinde sokağın sonuna gitmemizi yasaklardı, çünkü o köşede ablamın bir sevgilisinin beklediğini bilirdi. Bunun üstüne ablam bizi sokağın başına çıkarıp o köşede başka bir sevgilisiyle buluşurdu. Eve kalem sokamaz olmuştuk, çünkü sürekli sevgilisine mektuplar yazıyordu..."

"Geldik..."

Çarşının oraya gelmiştik ve arabayı anlaştığımız yerde durdurmuştu.

"Yarın görüşürüz, bızdık."

Ne yapıp edip daima beni beklediği yerde kendisiyle buluşacağımı, bana ısmarlayacağı gazozu ve sinema yıldızı kartlarını asla kaçırmayacağımı biliyordu. Fazla meşgul olmadığı saatleri bile öğrenmiştim.

Bu oyuna başlayalı bir aydan fazla olmuştu. Çok daha fazla. Ona Noel'de olanları anlattığımda somurtkan büyüklere özgü bir ifade takınmasını hiç beklememiştim. Gözleri dolarak saçımı okşamış, Noelleri bir daha asla hediyesiz geçirmeyeceğime söz vermişti.

Günler hiç acelesiz, mutlu mesut geçip gitmekteydi. Derken evdekiler bendeki değişimi fark etmeye başladılar. Artık pek muzırlık etmiyor, vaktimin çoğunu bahçenin uzak ucundaki dünyamda geçiriyordum. Arada sırada şeytan dürttüğü olmuyor da değildi. Ama artık hiç eskisi kadar küfretmiyor, komşuların huzurunu bozmuyordum.

Portekizli her fırsatta beni gezmeye çıkarıyordu, işte bu gezmelerden birinde arabayı durdurup bana gülümsedi.

"Nasıl, 'bizim' arabayla gezmeyi seviyor musun?"

"Benim de mi arabam yani?"

"Benim neyim varsa sana ait. Dostlar arasında böyle olmalıdır."

Sevinçten delirecektim. Dünyanın en güzel arabasının yarısının sahibi olduğumu herkese anlatabilseydim keşke!

"Yani artık tam olarak arkadaşız diyebilir miyiz?" diye sordu.

"Evet."

"Öyleyse sana bir şey sorabilir miyim?"

"Evet, sorabilirsiniz."

"Hâlâ büyüyünce beni öldürmek isteyecek misin acaba?"

"Hayır. Asla böyle bir şey yapamam."

"Ama yapacağını söylemiştin, değil mi?"

"Kızdığımda öyle demiştim. Ben asla kimseyi öldüremem, çünkü evde tavuk kestiklerinde bile bakamıyorum. Hem sizin hiç de anlatıldığı gibi biri olmadığınızı keşfettim. Yamyam değilmişsiniz."

Bunu duyunca irkiliverdi.

"Ne dedin sen?"

"Yamyam dedim."

"Anlamını biliyor musun peki?"

"Biliyorum tabii. Edmundo Dayım öğretti. O çok akıllı biridir. Şehirden bir adam onu beraber bir sözlük hazırlamak için davet etti. Bugüne kadar bana açıklayamadığı tek şey karborondum oldu."

"Konuyu değiştiriyorsun. Yamyam ne demekmiş tam olarak açıklamanı istiyorum."

"Yamyamlar insan eti yiyen yerlilermiş. Brezilya tarihi kitabında resimleri var, Portekizlilerin derisini yüzüp yiyorlar. Düşman kabilelerin savaşçılarını da yerlermiş. Bu insan yiyicilerden Afrika'da da varmış. Ama oradakiler sakallı misyonerleri yerlermiş."

Brezilyalıların beceremeyeceği kadar gevrek bir kahkaha attı.

"Zehir gibi zekisin, bızdık. Hatta bazen korkutuyorsun beni."

Ardından ciddi bir ifadeyle beni süzdü.

"Söylesene, bızdık, kaç yaşındasın?"

"Yalancıktan mı gerçekten mi?"

"Gerçekten tabii. Yalancı biriyle arkadaşlık kurmak istemem."

"Gerçekten söylersem hâlâ beş yaşındayım. Yalancıktansa altıyım. Yoksa okula almazlardı."

"Peki seni niye böyle erkenden okula verdiler?"

"Geç bile kaldılar! Herkes benden birkaç saatliğine kurtulabilmek için can atıyordu. Karborondum nedir, siz biliyor musunuz?"

"Nereden çıktı şimdi?"

Elimi cebime soktum ve sapanla atmak için ayırdığım taşların, kartlarımın, topaç ipimin ve misketlerimin arasında bir şey arandım.

"İşte bu."

Elimde bir madalyon tutuyordum, üstünde bir yerli

kafası vardı. Saçları tüylerle kaplı bir Kuzey Amerika yerlisi. Arkasında tek bir sözcük yazılıydı: karborondum.

Portekizli madalyonu eline aldı, evirip çevirdi.

"İşe bak, ben de bilmiyorum. Nerede buldun bunu?"

"Babamın saatinin parçasıydı. Saatini ince bir kayışla pantolonunun cebine tuttururdu. Bana miras bırakacağını söylerdi. Ama bir gün paraya sıkışınca saati sattı. Öyle güzel bir saatti ki... Mirastan geri kalanı bana verdi. Kayışı kestim, çünkü feci ekşi kokuyordu."

Yeniden saçımı okşadı.

"Sen karmaşık bir çocuksun, ama itiraf etmeliyim ki bir Portekizlinin ihtiyar kalbini mutlulukla dolduruyorsun. Neyse. Gidelim mi artık?"

"Burada olmak öyle güzel ki. Birazcık daha kalalım. Çok mühim bir şey anlatmam lazım."

"Anlat bakalım."

"Artık arkadaşız, aramızdan su sızmaz, değil mi?"

"Kesinlikle."

"Arabanın yarısı bile benim, değil mi?"

"Bir gün hepsi senin olacak."

"Şey..."

Dile getirmekte zorlanıyordum.

"N'oldu, tıkanıp kaldın mı? Senden hiç beklemezdim..."

"Kızmayacak mısınız?"

"Söz veriyorum, kızmam."

"Arkadaşlığımızla ilgili hoşuma gitmeyen iki şey var."

Belli ki istediğimi ifade etmem sandığım kadar kolay olmayacaktı.

"Neymiş?" dedi.

"Birincisi, madem yakın dostuz, size hâlâ siz diye hitap etmem biraz..."

Güldü.

"İstediğin gibi hitap edebilirsin. İstersen sen diyebilirsin..." dedi.

"Öyle hemen sen diyemem, zor; bütün konuştuklarımızı sonradan Minguinho'ya anlatıyorum. Ama o sırada bile sen diyemiyorum. Yine de deneyeceğim. Kızmadınız mı?"

"Yok artık! Niye kızacakmışım? Gayet yerinde bir istek. Peki şu Minguinho kim, daha önce hiç duymamıştım?"

"Minguinho demek Xururuca demek."

"Yani Xururuca demek Minguinho demekse Minguinho demek de Xururuca demektir. Elde var sıfır."

"Minguinho benim şeker portakalı fidanımın adı. İçimin sevgiyle dolduğu zamanlarda ona Xururuca da derim."

"Demek ki Minguinho adlı bir şeker portakalı fidanın var."

"Harikadır. Benimle konuşur, atım olur, beraber gezmeye çıkarız. Buck Jones ile Tommiks'le... Fred Thompson'la... Seninle... (ilk "sen"lerde biraz zorlansam da kararımı vermiştim...) Ken Maynard'ı sever misin?"

Kovboy filmlerinden hiç anlamadığını belli edercesine omuz silkti.

"Onunla geçen gün Fred Thompson tanıştırdı. Başındaki geniş kenarlı deri şapkayı çok beğendim. Ama görünüşe bakılırsa gülmeyi hiç beceremiyor..."

"Artık gidelim, kafacığının içindeki hayal dünyası başımı döndürmeye başladı. Söyleyeceğin ikinci şey neydi?"

"İkincisini söylemek ilkinden de zor. Ama madem sana sen dediğimde kızmadın... Ben senin adını pek sevmiyorum. Aslında sevmiyorum değil, ama arkadaşlar arasında biraz şey..."

"Vay anacığım, ne geliyor bakalım..."

"Düşünsene, sana Valadares desem olur mu hiç?"

Biraz düşündükten sonra gülümsedi.

"İsmim sahiden de pek hoş tınlamıyor."

"Manuel ismini ben de sevmiyorum. Babam, 'Oy, Manuel...' diyerek Portekizli fıkraları anlatmaya başladığında nasıl kızıyorum bir bilsen. Belli zaten, onun bunun evladının hiç Portekizli dostu olmamış ki..."

"Ne dedin sen?"

"Babamın Portekizlileri taklit ettiğini söylerken mi?"

"Yok, ondan sonra. Fena bir laf ettin."

"Onun bunun evladı demek de öbürünün evladı kadar fena mı ki?"

"Aynı şey sayılır."

"O zaman bir daha söylemem. Ne dersin?"

"Sorması gereken benim. Ne sonuca vardın? Bana Valadares demek istemiyorsun, görünüşe bakılırsa Manuel de olmuyor."

"Çok beğendiğim başka bir isim var."

"Neymiş?"

Cevap vermeden önce pişkin bir ifade takındım.

"Tatlıcıda Ladislau Efendi ve diğerlerinin sana taktıkları isim..."

Yalancıktan kızmış gibi yumruğunu sıktı.

"Senin kadar cüretkârını hayatımda görmedim, bilesin. Bana Portuga demek istiyorsun, öyle mi?"

"Arkadaşız diye."

"Bütün istediğin bu mu? Pekâlâ. İzin veriyorum. Artık gidebilir miyiz?"

Motoru çalıştırıp dalgın bir ifadeyle arabayı bir süre ilerlettikten sonra durdu. Başını pencereden çıkarıp etrafa baktı. Gelen giden yoktu.

Arabanın kapısını açıp emretti:

"İn."

Emrini yerine getirdim ve peşinden arabanın arkasına gittim.

Yedek tekerleğin çıkıntısını işaret etti.

"Şimdi iyice tutun. Aman dikkatli ol."

Böylece arabaya yarasa gibi takıldım, keyfime diyecek yoktu. Direksiyonun başına döndü ve araba yavaşça harekete geçti. Beş dakika sonra kenara çekip yanıma geldi.

"Hoşuna gitti mi?"

"Rüyadayım sanki."

"Artık yeter. Gidelim, hava kararmaya başlıyor."

Hava ağır ağır kararırken uzaklardaki çalılarda ağustosböcekleri yazın henüz bitmediğini müjdelercesine cırcır ediyordu.

Araba kayarcasına ilerlemekteydi.

"Pekâlâ. Artık bir daha bu konuda konuşmak yok. Tamam mı?"

"Lafını bile etmem."

"Eve bu saatte dönünce ne mazeret uyduracağını çok merak ediyorum."

"Çoktan düşündüm bile. İncil dersine gittiğimi söyleyeceğim. Bugün perşembe değil mi?"

"Seninle aşık atmak ne mümkün. Her şeye bir çözüm buluyorsun."

Bunun üstüne ona iyice sokulup başımı koluna yasladım.

"Portuga!"

"Hı..."

"Ben senin yanından bir daha hiç ayrılmak istemiyorum, biliyor musun?"

"Niye?"

"Çünkü dünyanın en iyi insanı sensin. Senin yanındayken kimse bana zarar vermiyor ve *kalbimde mutluluk güneş gibi parlıyor*."

Dördüncü Bölüm
Hatırı sayılır iki dayak

"Burayı katla. Sonra kâğıdı tam kat yerinden bıçakla kes."

Kâğıdı bölen bıçağın yumuşak sesi.

"Şimdi şu kenar boyunca incecik bir çizgi halinde tutkalı sür. Böyle."

Totoca'nın yanında, balon yapmayı öğreniyordum. Yapıştırma işi bitince Totoca balonu tepesinden bir mandalla tutturup çamaşır ipine astı.

"Ancak iyice kuruduktan sonra ağzını açacağız. Anladın mı, şaşkaloz?"

"Anladım."

Mutfak kapısının eşiğine oturup bir türlü kurumak bilmeyen renkli balonu izlemeye koyulduk. Totoca kaşlarını çatıp işin ustası havalarında açıklamaya başladı:

"Mandalin-balon yapabilmek için çok tecrübeli olmak gerek; önce iki parçalılarla başlamalısın, onlar daha kolaydır."

"Totoca, ben tek başıma bir balon yaparsam ağzını sen açar mısın?"

"Duruma bağlı."

Fırsatını bulmuşken takas yapmak istiyordu. Gözü ya misketlerimdeydi ya da *nasıl bu kadar büyüdüğüne kimselerin akıl erdiremediği* sinema yıldızı kartı koleksiyonumda.

"Vay be Totoca, sırf istedin diye yerine kavga bile ediyorum."

"Tamam. İlk seferde bedavaya yaparım, ama öğrenemezsen sonrakiler hep takas usulü."

"Kabul."

O anda kendi kendime yemin etmiştim, o kadar iyi öğrenecektim ki bir daha asla balonlarıma el süremeyecekti.

Böylece balon fikrini kafaya taktım. Balon illa "benim" balonum olacaktı. Yaptığımı Portuga'ya anlattığımda nasıl da gururlanacaktı. Xururuca balonu elimin ucunda sallanırken görünce nasıl da hayran kalacaktı...

Bu fikre teslim olmuş halde ceplerimi misketlerle ve bende çifti olan kartlarla doldurdum, sonra da sokakların dünyasına adım attım. Ucuza misket ve sinema yıldızı kartı satarak en az iki tane paket kâğıdı satın alacaktım.

"Gel, arkadaşım, gel! Beş misket bir lira! Hepsi gıcır gıcır, gel!"

Tık yoktu.

"On kart bir lira! Bu fiyata Dona Lota'nın bakkaliyesinde bile yok!"

Tık yoktu. Çocukların dünyasında paralar suyunu çekmişti. Progresso Sokağı boyunca turlayarak elimdekileri satmaya çalıştım. Dörtnala Barão de Capanema Sokağı'ndan da geçtim, ama tık yoktu. Acaba Dindinha'nın evine mi gitseydim? Kalkıp gittim ama anneannem hiç oralı olmadı.

"Kart da misket de almak istemiyorum. Elindekileri de satmasan iyi edersin. Yoksa yarın yine kapımı çalıp yenisini almak için para isteyeceksin."

Belli ki Dindinha'nın parası yoktu.

Sokağa çıkınca bacaklarıma baktım. Yolların tozunu atmaktan kir içinde kalmışlardı. Alçalmaya başlayan güneşe baktım. Mucize tam o anda gerçekleşti.

"Zezé! Zezé!"

Biriquinho deli gibi koşarak yanıma geldi.

"Her yerde seni arıyorum. Satıyor musun?"

Ceplerimi karıştırarak misketleri şıkırdattım.

"Şuraya oturalım."

Oturur oturmaz ürünlerimi yere serip beğenisine sundum.

"Kaça?"

"Beş misket bir lira, on kart da aynı fiyata."

"Pahalıymış."

Tepem atmak üzereydi. Beleşçiye bak! Başkaları aynı fiyata beş kart veya üç misket satıyordu, asıl pahalı olan oydu. Serdiklerimi toparlamaya yeltendim.

"Bekle. Seçmeme izin var mı?"

"Ne kadar paran var?"

"Üç yüz kuruş. İki yüzünü harcayabilirim."

"O zaman tamam, sana altı misket ve on iki kart veririm."

* * *

Uçarcasına Sefalet ve Açlık'a daldım. Artık *malum olayı* hatırlayan kimse kalmamıştı. İçerideki tek müşteri Orlando Efendi'ydi, bar tezgâhına yaslanmış laflamaktaydı. Fabrikanın düdüğü çaldığında insanlar birer tek atmak için mekânı dolduracak, içeride adım atacak yer kalmayacaktı.

"Sizde paket kâğıdı var mı?"

"Paran var mı ki? Babanın hesabına veresiye yok artık."

Hiç gücenmedim. Avucumu açıp paraları göstermekle yetindim.

"Sadece gül rengi ve balkabağı rengi var."

"Başka yok mu?"

"Uçurtma mevsiminde hepsini alıp bitirdiniz. Hem ne fark eder ki? Rengi ne olursa olsun bütün uçurtmalar havalanıyor, değil mi?"

"Uçurtma için değil ki. İlk balonumu yapacağım. İlk balonumun dünyanın en güzel balonu olmasını istiyorum."

Vakit kaybetmemeliydim. Chico Franco'nun bakkaliyesine kadar koşarsam çok vakit kaybedecektim.

"Ne yapalım, onları alayım bari," dedim.

Artık iş ciddiye binmişti. Masanın yanına bir sandalye çekip Kral Luís'i üstüne çıkardım ki yaptıklarımı izleyebilsin.

"Uslu duracağına söz veriyor musun? Zezé çok zor bir şey yapacak," dedim. "Büyüdüğünde sana da öğretirim, hem de bedavaya."

Hava hızla kararırken biz hâlâ masanın başındaydık. Fabrikanın düdüğü öttü. Acele etmeliydim. Jandira tabakları masaya dizmeye başlamıştı bile. Büyüklerin başının etini yemeyelim diye ikimizin yemeğini daha erken vermeyi huy edinmişti.

"Zezé!.. Luís!.."

Öyle bir haykırmıştı ki gören de şehrin öbür ucundayız sanacaktı. Luís'i yere indirip, "Sen önden git, ben de birazdan geliyorum," dedim.

"Zezé!.. Çabuk gel, yoksa göreceksin gününü!"

"Hemen geliyorum!"

Cadaloz, ters günündeydi. Sevgililerinden biriyle kavga etmiş olmalıydı. Ya sokağın sonundakiyle ya da başındakiyle.

Aksi gibi kuruyan tutkalın tozları parmaklarıma yapışıp işimi zorlaştırmaya başlamıştı.

Ablamın haykırışı giderek şiddetleniyordu. Hava öyle kararmıştı ki masanın üstünü zor görüyordum.

"Zezé!"

Olacağı buydu. Hapı yutmuştum. Öfkeyle yankılanan sesi bana kadar ulaştı:

"Ben senin uşağın mıyım? Çabuk gelip yemeğini ye!"

Salona dalıp beni kulaklarımdan yakaladı. Mutfağa kadar sürükleyip var gücüyle masaya oturttu. Derken tepem attı.

"Yemeyeceğim! Yemeyeceğim! Yemeyeceğim! Balonumu bitirmek istiyorum!"

Sıvışıp koşarak önceki yerime geçtim.

Bunu görünce gözü döndü. Üstüme atılacağına masaya yaklaştı. Hayallerim yerle bir oldu. Tamamlanmamış balonum yırtılarak parçalara ayrıldı. Bununla da yetinmemiş olacak ki (öyle sersemlemiştim ki karşı koymaya bile çalışmadım), beni kaptığı gibi salonun ortasına savurdu.

"Sana bir şey söylediğimde yapacaksın!"

İçimdeki şeytan aniden ipini kopardı. İsyanım bir kasırga gibi patladı. Her şey ufacık bir küfürle başladı.

"Sen nesin, biliyor musun? O...'nun tekisin!"

Suratını benimkine yapıştırdı. Gözlerinden kıvılcımlar saçılıyordu.

"Sıkıyorsa tekrar söyle."

Hecelerin üstüne basa basa tekrarladım:

"O...!"

Komodinin üstündeki deri kayışı kaptığı gibi bana acımasızca vurmaya başladı. Sırtımı döndüm ve başımı ellerimin arasına gizledim. Acım, öfkemin yanında hiçti.

"O...! O...! O... çocuğu!"

Duracağı yoktu, her yanım alev alev yanıyordu. Tam o sırada Antônio içeri girdi. Bana vurmaktan yorulmaya başlayan ablama yardıma koştu.

"Gel öldür, katil karı!" dedim. "İntikamımı zindan alacak!"

Vurdukça daha çok vuruyordu, derken dizlerimin üstüne düşüp komodine dayandım.

"O...! O... çocuğu!"

Totoca beni kaldırıp omuzlarımdan tuttu:

"Kapa çeneni, Zezé, ablana böyle küfredemezsin!"

"O, o...'nun teki! Katil karı! O... çocuğu!"

Bunun üstüne Totoca yüzüme vurmaya başladı, gözlerime, burnuma ve ağzıma. En çok da ağzıma...

İmdadıma Glória yetişti. Komşumuz Dona Rosena'ya uğramış laflarken bağırışmaları duyunca koşup gelmişti. Salona bir kasırga gibi dalmıştı. Glória şakaya gelmezdi, yüzümün kan revan içinde olduğunu görünce önce Totoca'yı bir yana itti sonra da kendinden büyük olmasına aldırmadan Jandira'yı sertçe iterek benden uzaklaştırdı. Yere yığılıp kalmıştım, gözlerimi doğru düzgün açamıyor, nefes alıp vermekte zorlanıyordum. Beni odama götürdü. Ben hiç ağlamasam da Kral Luís bu eksiği kapatmak istercesine annemin odasında saklandığı yerden yeri göğü inletiyordu. Hem korkusundan hem de benim canımı yaktıkları için.

Glória sinirden köpürmüştü:

"Bir gün bu çocuk elinizde kalacak, söylemiş olayım! Kalpsiz canavarlar sizi!"

Beni yatağıma yatırdı ve her zamanki tuzlu su leğenini almak için yanımdan ayrıldı. Totoca utana sıkıla odaya girdi. Glória onu görünce kenara itti.

"Çık dışarı, ödlek seni!"

"Ettiği küfürleri duymadın mı?"

"Hiçbir şey yaptığı yoktu. Siz kışkırttınız. Ben dışarı çıkarken uslu uslu oturmuş balonunu yapıyordu. Kalpsizsiniz, kalpsiz. İnsan kardeşine nasıl böyle vurabilir?"

Bir yandan da yüzümdeki kanı temizliyordu, tam o sırada leğene bir diş parçası tükürdüm. Bardağı taşıran son damla bu oldu.

"Yaptığını görüyor musun, korkak seni! Kavga etmen gerekince korkup onu çağırıyorsun. Sıçırgan! Dokuz yaşındasın ama hâlâ yatağa işiyorsun. Sidikli şilteni de her sabah çekmeceye sakladığın çişli donlarını da herkese göstereceğim!"

Sonra herkesi odadan çıkardı ve kapıyı kilitledi. Hava tamamen karardığı için ışığı yaktı. Gömleğimi çıkarıp vücudumdaki lekeleri ve morlukları sildi.

"Acıyor mu, Gum?"

"Bu kez çok acıyor."

"Çok hafif sileceğim, canım haytacığım benim. Kuruması için birazcık yüzüstü yatman lazım, yoksa kıyafetine yapışıp acıtır."

Ama asıl sancı suratımdaydı. Hem acıdan hem de sebepsiz yere maruz kaldığım kötülük yüzünden sancıyordu.

Ben biraz durulunca yanıma uzandı ve saçımı okşamaya koyuldu.

"Sen de gördün, Godóia. Ben hiçbir şey yapmadım. Hak ettiğimde dayak yemeye aldırmıyorum. Ama bu kez gerçekten hiçbir şey yapmadım."

Ablam zorlukla yutkundu.

"En fenası da balonumun başına gelenler. Öyle güzel olacaktı ki. İnanmazsan Luís'e sorabilirsin."

"İnanıyorum. Gerçekten de güzel olacaktı. Ama zararı yok. Yarın Dindinha'nın evine gider, sonra da paket kâğıdı satın alırız. Sana yardım ederim, dünyanın en güzel balonunu yaparsın. Öyle güzel olacak ki yıldızlar bile kıskanacak."

"Hepsi boşuna, Godóia. İnsan ilk balonunu bir kez yapar. Beceremezse de bir daha asla tutturamaz, hevesini kaybeder."

"Bir gün... bir gün... seni bu evden uzaklara götüreceğim. Nerede yaşayacağız, biliyor musun..."

Sustu. Kesin Dindinha'nın evini düşünmüştü, ama orası da aynı cehennemdi. Derken ablam şeker portakalı fidanıma ve hayallerime doğrudan katılmaya karar verdi.

"Seni Tommiks'in ya da Buck Jones'un çiftliğine götüreceğim, orada yaşayacağız."

"Ama benim asıl beğendiğim Fred Thompson'unki."

"O zaman oraya gideriz."

Ve iyice hassaslaşarak beraberce, usul usul ağlamaya başladık...

* * *

İki gün boyunca, ne kadar özlem duysam da, Portekizliyle buluşmaya gidemedim. Okula gitmeme bile izin vermiyorlardı. Böyle bir gaddarlığa kimsenin tanık olmasını istemiyorlardı. Eski yaşam düzenime ancak yüzümdeki şişlikler indiğinde ve dudaklarımdaki yaralar kapandığında dönecektim. Günlerimi küçük kardeşimle beraber Minguinho'nun yanında oturarak geçiriyordum, içimden konuşmak gelmiyordu. Her şeyden korkar olmuştum. Babam, Jandira'ya söylediğimi bir kez daha tekrarlarsam beni haşat edeceğine yemin etmişti. Nefes alıp vermeye bile korkuyordum. Elimden tek gelen, şeker portakalı fidanımın küçücük gölgesine sığınmaktı. Portuga'nın bana hediye ettiği yığınla sinema yıldızı kartına bakmak ve sabırla Kral Luís'e misket oynamayı öğretmek. Henüz pek beceremese de elbet bir gün öğrenecekti.

Bir yandan da büyük bir özlem duyuyordum. Portuga yokluğumu garipsemiş olmalıydı, oturduğum yeri tam olarak bilseydi beni almaya bile gelebilirdi. Sesini duymanın eksikliğini hissediyordum, sözcükleri yaya yaya senlibenli konuşması adeta kulağımı okşardı. Dona Cecília Paim bana, insanlarla senlibenli konuşmak için fiil çekimlerini iyi bilmek gerektiğini söylemişti. Portuga'nın esmer yüzü, daima kusursuz koyu renk takım elbisesi, gömleğinin çekmeceden daha yeni çıkmış gibi daima kaskatı kolalı yakası, kareli yeleği, hatta çapa şeklindeki altın kol düğmeleri gözümde tütüyordu.

Ama yakında her şey yoluna girecekti. Çocukların yaraları çabuk geçerdi, gelecekte sürekli tekrarlayacakları, "Evlenince geçer," ifadesindekinden bile çabuk...

O gece babam dışarı çıkmamıştı. Evde başka kimse yoktu, çoktan uyuyan Luís'i saymazsak tabii. Annem şehirden dönüşe geçmiş olmalıydı. İngiliz Değirmeni'nde gece vardiyasına kaldığı dönemlerde onu sadece pazar günleri görürdük.

Babamın yakınından ayrılmamaya karar verdim, böylece hinlik peşinde koşmayacaktım. Babam sallanan sandalyeye oturur, dalgın gözlerini duvara dikerdi. Yüzü hep tıraşsız olurdu. Gömleğiyse nadiren temiz. Çıkıp arkadaşlarıyla kâğıt oynamaya gitmediğine göre parası yok demekti. Zavallı babacığım, annemin evi geçindirmek için çabaladığını gördükçe kahroluyor olmalıydı. Lalá fabrikada iş bulmuştu bile. Bir sürü işe başvurup hepsinden, "Daha genç bir eleman arıyoruz..." cevabını duymak babam için kolay değildi.

Kapının eşiğine oturmuştum, bir yandan duvardaki küçük beyaz kertenkeleleri sayıyor, bir yandan da gözucuyla babamı izliyordum.

Onu bu kadar üzgün halde bir tek o Noel'in ertesi sabahında görmüştüm. Neşelenmesi için bir şey yapmalıydım. Şarkı söylesem olur muydu? Sesimi hiç yükseltmeden bir şarkı söylersem bıkkınlığından sıyrılacağına emindim. Repertuvarımı aklımdan geçirdim ve Ariovaldo Efendi'den öğrendiğim son şarkıyı hatırladım. "Tango"; hayatımda duyduğum en güzel şeylerden biriydi. Alçak sesle söylemeye başladım:

Bir yâr isterim, çırılçıplak olsun
Çırılçıplak gelsin bana...
Mehtap doğsun geceleyin
Yârimin canım vücuduna...

"Zezé!"

"Buyurun, babacığım."

Hemen ayağa kalktım. Herhalde babam şarkıyı çok beğenmişti ve yanına gidip söylememi isteyecekti.

"Nedir o söylediğin?"

Tekrarladım.

Bir yâr isterim, çırılçıplak olsun

"Sana kim öğretti bu şarkıyı?"

Gözlerine donuk bir ışıltı gelmişti, deliriyormuş gibi bir hali vardı.

"Ariovaldo Efendi öğretti."

"Daha önce de söyledim, bir daha onunla dolaşmanı istemiyorum."

Hiç de öyle bir şey söylememişti. Şarkıcı yardımcısı olarak çalıştığımı bildiğini bile sanmıyorum.

"Bir daha söyle bakayım şu şarkıyı."

"Son moda bir tango."

Bir yâr isterim, çırılçıplak olsun

Yüzüme şimşek gibi bir tokat indi.

"Bir daha söyle."

Bir yâr isterim, çırılçıplak olsun

Bir tokat daha, ardından başka bir tane ve bir tane daha. Gözyaşları gözlerimden boşanıverdi.

"Hadi, devam et, söyle."

Bir yâr isterim, çırılçıplak olsun

Harap haldeydim, yüzümü oynatmakta bile zorlanıyordum. Gözlerim açıldıkları anda yeni bir tokadın etkisiyle tekrar kapanıyorlardı. Susmalı mıydım yoksa söylediğini mi yapmalıydım, anlayamıyordum... Ama acım arasında bir karar vermiştim. Yediğim son dayak olacaktı, sonunda ölecek olsam bile yediğim son dayak bu olacaktı.

Vurmaya ara verip şarkı söylememi emretti, söylemedim. Babama müthiş bir tiksintiyle baktım ve şöyle dedim:

"Katil! Öldür de kurtul. İntikamımı zindan alacak!"

İyice tepesi atmış olacak ki artık sallanan sandalyesinden kalktı. Kemerini çözdü. Çift tokalı kemeriydi bu ve ağzına gelen küfrü etmeye başladı. İtten başladı domuzdan çıktı, keresteler, babanla nasıl böyle konuşursunlar...

Kemer ıslıklar çalarak muazzam bir güçle vücuduma iniyordu. Sanki kemerin bin tane parmağı vardı ve her biri vücudumun başka yerlerini acıtıyordu. Yere kapaklandım ve büzülüp duvarın dibine sığındım. Sahiden de beni öldürecekti. Derken Glória'nın sesini duydum, içeri dalmış, beni kurtarmaya çalışıyordu. Ailemizin benden başka rengi bozuk tek üyesi Glória. Kimsenin el kaldırmadığı Glória. Babamın elini havada yakalayarak vurmasına engel oldu.

"Babacığım. Babacığım. Allah aşkına, isterseniz bana vurun ama bu çocuğa daha fazla vurmayın!"

Babam kemeri masanın üstüne atıp yüzünü ovuşturdu. Hem kendisi için ağlıyordu hem de benim için.

"Kendimi kaybettim. Benimle dalga geçtiğini zannettim. Aşağılıyor gibi geldi."

Glória beni yerden kaldırdığı anda bayıldım.

Ayıldığımda ateşler içindeydim. Anneciğim de Glória da başucumda oturmuş, bana şefkat dolu şeyler söylüyorlardı. Salondan bir sürü insanın gürültüsü geliyordu. Dindinha bile çağırılmıştı. Ben acıdan kımıldayamaz haldeydim. Sonradan öğrendiğime göre doktor çağırmak isteseler de rezil olmamak için vazgeçmişlerdi.

Glória hazırladığı et suyundan getirip bana birkaç kaşık içirmeye çalıştı. Yutkunmak şöyle dursun, nefes almakta bile zorlanıyordum. Ama anneciğim ve Glória başımdan hiç ayrılmadılar. Annem geceyi başucumda geçirdi ve ancak gün ağarırken kalkıp hazırlanmaya koyuldu. İşe gitmesi lazımdı. Veda etmek için yanıma geldiğinde boynuna sarıldım.

"Merak etme, yavrum. Yarına iyileşirsin..."

"Anneciğim..."

Sesimi iyice alçaltarak belki de hayata yönelik en büyük suçlamamı dile getirdim.

"Anneciğim, keşke hiç doğmasaymışım. Balonum gibi olsaymışım..."

Hüzünle başımı okşadı.

"İnsanlar doğacakları varsa doğarlar. Sen de dahil. Ama sen bazen azgınlığın dozunu kaçırıyorsun, Zezé..."

Beşinci Bölüm
Tatlı ve tuhaf bir rica

Tamamen toparlanabilmem bir hafta sürdü. Keyifsizliğimin sebebi duyduğum acı ya da aldığım darbeler değildi. Her ne kadar evdekiler bana iyi davranmaya başladılarsa da buna pek güvenmiyordum. Eksik olan bir şey vardı. Yeniden eskisi gibi olmamı, belki de insanların iyi olduğuna inanmamı sağlayabilecek önemli bir şeydi bu eksik olan. Üstüme bir suskunluk çökmüştü, canım hiçbir şey istemiyordu, hemen her zaman Minguinho'nun yanı başında oturup kayıtsız gözlerle hayatın akışını izliyordum. Onunla konuştuğum, anlattıklarını dinlediğim de yoktu. Yanıma yaklaştırdığım tek kişi küçük kardeşimdi. Bütün gün teleferikçilik oynuyor, ipe dizdiği düğmeleri yüzlerce kez inip çıkarıyordu. Onu izlerken içim muazzam bir şefkatle dolardı, çünkü ben de onun gibi küçücükken aynı oyuna bayılırdım...

Suskunluğum Glória'yı kaygılandırıyordu. Bizzat yanıma bıraktığı kartlarıma, misket dolu keseme bazen elimi bile sürmüyordum. Canım ne sinemaya gitmek istiyordu ne de ayakkabı boyamak. Doğrusunu söylemek gerekirse, içimdeki acıyı bir türlü dindiremiyordum. Sebepsiz yere zalimce sopa yemiş savunmasız bir hayvan gibiydim...

Glória hayallerime ne olduğunu soruyordu.

"Artık yoklar. Uzaklara gittiler..."

Kastettiğim elbette Fred Thompson ve diğer dostlarımdı.

Fakat Glória içimde gerçekleşen dönüşümden habersizdi. Aldığım kararı bilmiyordu. Film değiştirme vaktim gelmişti. Kovboy Kızılderili filmleri artık rafa kalkmıştı. Bundan böyle sadece aşk filmleri izleyecektim, büyüklerin verdiği ad buydu. Bir sürü öpüşme ve sarılma içeren, herkesin birbirini sevdiği filmler. Madem dayak yemekten başka işe yaramıyordum, en azından filmlerde başkalarının sevgiyle kaynaştığını izleyebilirdim.

Nihayet okula dönme günüm geldi çattı. Gittim, ama okula değil. Portuga'nın bir hafta boyunca "arabamız"la beni boşuna beklemiş olduğunu ve benden haber almadan yeniden beklemeye başlamayacağını biliyordum. Yokluğum onu kaygılandırmış olmalıydı. Hasta olduğumu bilse de kapıma gelmezdi. Söz vermiştik, sırrımızı ölene dek saklayacağımıza ant içmiştik. Dostluğumuzu Tanrı'dan başka kimse bilmemeliydi.

Güzelim arabasını tatlıcının orada gördüm, istasyonun karşısına park etmişti. Öyle sevindim ki günüme güneş doğdu. Özlemimin dizginlerini kavrayan yüreğim ileri atıldı. Sahiden de dostuma kavuşacaktım.

Tam o anda istasyonun girişinde nefis bir tren düdüğünün çınladığını duydum ve içimi bir ürperme aldı. Mangaratiba'ydı bu. Hırçın, kibirli, bütün rayların efendisi. Bütün cilvesiyle, vagonlarını tangırdatarak uçarcasına geçti. Küçük pencerelerindeki insanlar dışarıyı izliyorlardı. Bütün yolcuları mutluydu. Çocukken Mangaratiba'nın geçişini izlemeye ve el sallamaya bayılırdım, geç geç bitmezdi. Tren rayların ucunda gözden kaybolana dek el sallardım. Artık Luís de benzer bir dönemden geçmekteydi.

Tatlıcının masaları arasında gözüm onu aradı ve işte oradaydı. Giren çıkan müşterileri görebilmek için hep oturduğu, mekânın en sonundaki masadaydı. Fakat sırtı dönüktü, ceketsizdi, üstünde güzelim kareli yeleği vardı, temiz gömleğinin kolları bembeyazdı.

Üstüme öyle bir bitkinlik çöktü ki sırtına ulaşmayı zor başardım. Geldiğimi bildiren Ladislau Efendi oldu:

"Baksana, Portuga, kim gelmiş."

Yavaşça bana döndü ve dudaklarında mutlu bir gülücük belirdi. Kollarını açıp beni uzun uzun kucakladı.

"İçimden bir ses bugün geleceğini söylüyordu."

Ardından bir süre beni süzdü.

"Anlat bakalım, kaçak. Neredeydin bunca zamandır?"

"Çok hastalandım."

Bir sandalye çekti.

"Otur şöyle."

Parmağını şıklattı ve ne isteyeceğimi ben daha söylemeden bilen garsonu çağırdı. Ama önüme gelen gazozla şekerlemeye elimi bile sürmedim. Başımı masada kavuşturduğum kollarıma dayadım ve bir süre öylece durdum, bıkkın ve mutsuzdum.

"İstemiyor musun?"

Ben cevap vermeyince Portuga çenemden hafifçe tutup başımı kaldırdı. Dişlerimi dudaklarıma sımsıkı geçirmiştim ve gözlerim dolmuştu.

"Aman, ne oldu böyle, bızdık? Anlat bakalım dostuna..."

"Anlatamam. Burada olmaz..."

Ladislau Efendi başını sallıyordu, belli ki hiçbir şey anlamamıştı. Bir şey söylemeye karar verdim:

"Portuga, araba sahiden hâlâ 'bizim' arabamız mı?"

"Evet. Hâlâ şüphen mi var?"

"Beni gezmeye götürebilir miydin?"

Ricam onu şaşırtmıştı.

"Madem istiyorsun gidelim tabii."

Gözlerimin daha da dolduğunu görünce kolumdan tutup arabaya götürdü ve kapıyı açmaya gerek duymadan kaldırıp koltuğa yerleştirdi.

Sonra hesabı ödemek için içeri döndü, Ladislau Efendi ve diğerleriyle konuştuğunu duydum:

"Evindeki kimse bu çocukçağızı anlamıyor. Hayatımda gördüğüm en hassas yavrucak."

"Doğru söyle, Portuga. Sen bu keratayı pek seviyorsun."

"Az bile dedin. Bayılıyorum bızdığa, zehir gibi zeki."

Arabaya dönüp direksiyona geçti.

"Nereye gitmek istersin?"

"Buradan uzaklaşalım yeter," dedim. "Murundu yolunun oraya kadar gidebiliriz. Yakın sayılır, fazla benzin harcamayız."

Güldü.

"Küçücük bir çocuk olmana rağmen büyüklerin dertlerine nasıl böyle aklın eriyor?"

Evimiz öyle fakirdi ki tasarruf etmeyi erkenden öğreniyorduk. Her şey için çok para lazımdı. Her şey pahalıydı.

Kısa yolculuğumuz boyunca hiçbir şey söylemedi. Bana toparlanmam için vakit tanıdı. Ama her şey geride kalıp yol yerini güzelim yemyeşil çayırlara bırakınca arabayı durdurdu, bana döndü ve dünyayı iyilikle dolduran gülümsemesiyle gülümsedi.

"Portuga, suratıma bak. Suratıma değil, burnuma. Evdekilerin söylediğine göre benimkine burun değil hayvan burnu denirmiş, çünkü ben insan değil hayvanmışım, pis bir Pinagé yerlisiymişim, şeytanın evladıymışım."

"Yine de ben suratına bakmayı tercih ediyorum."

"Ama iyi bak. Bak, dayak yemekten her tarafım hâlâ şiş."

Portekizlinin gözlerinde huzursuz bir acıma ifadesi belirdi.

"İyi de sana neden böyle davrandılar?"

Anlatmaya başladım ve her şeyi olduğu gibi aktardım, hiçbir abartmada bulunmadım. Anlatmam bittiğinde gözleri dolmuştu, ne yapacağını bilemez haldeydi.

"Senin gibi küçücük bir çocuğa bu kadar vurmamalılar. Daha altı yaşında bile değilsin. Vay anacığım!"

"Niye vurduklarını biliyorum. Yaramazın tekiyim de ondan. Öyle kötüyüm ki Noel geldiğinde hep aynı şey oluyor: Bebek İsa yerine Bebek Şeytan doğuyor!"

"Saçmalama, sen resmen bir meleksin. Biraz hınzır olsan da..."

Aynı saplantı yine zihnime azap vermeye başlamıştı.

"Öyle kötüyüm ki doğmuş olmam bile bir hata. Geçen gün bunu anneme de söyledim."

İlk kez kekeleyerek konuştu:

"Böyle şeyler söylememelisin."

"Seninle konuşmak istedim, çünkü buna çok ihtiyacım vardı. Biliyorum, babamın o yaşta iş bulamıyor olması kötü. Çok acı çektiğini biliyorum. Annem masrafları karşılamak için şafak sökmeden evden çıkmak zorunda kalıyor. İngiliz Değirmeni'nde, dokuma tezgâhlarında çalışıyor. Belinde özel bir kemerle geziyor, çünkü bir gün makara dolu bir kutuyu kaldırayım derken fıtığı çıkıverdi. Lalá derslerinde başarılı bir kız olsa da mecburen fabrikada işçiliğe başladı... Bütün bunlar çok fena. Ama yine de babamın bana o kadar vurmasına gerek yoktu. Noel'de bana istediği zaman vurabileceğini söylemiştim, ama bu kez abarttı."

Hayretler içinde bana bakmaktaydı.

"Vay anacığım! Küçücük bir çocuk nasıl olur da büyüklerin dertlerini bu kadar iyi anlayıp azap çekebilir? Böyle şey görmedim!"

Zorlukla yutkundu, belli ki duygulanmıştı.

"Arkadaşız, değil mi? Gel seninle erkek erkeğe konuşalım, tamam mı? Gerçi seninle bazı konularda konuşmak bazen beni ürpertiyor. Neyse, bence sen ablana öyle küfürler etmemelisin. Aslında hiçbir zaman küfretmemelisin, anlıyor musun?"

"Ama ben küçüğüm. Bir tek böyle karşılık verebiliyorum."

"Ettiğin küfürlerin anlamını biliyor musun?"

Başımı evet anlamında salladım.

"Öyleyse etmemen gerekir, yakışık almaz."

Bir süre sustuk.

"Portuga!"

"Hı."

"Küfretmem hiç hoşuna gitmiyor mu?"

"Kesinlikle gitmiyor."

"Tamam o zaman, eğer ki ölmezsem, sana söz veriyorum bir daha küfretmeyeceğim."

"Pekâlâ, anlaştık. İyi de bu ölme fikri nereden çıktı şimdi?"

"Birazdan anlatırım."

Yine sustuk. Portekizlinin içi rahat etmemişti.

"Madem bana güveniyorsun," dedi, "sana bir şey daha soracağım. Bir şarkıdan bahsettin. Hani şu tango. Söylediğin şarkının anlamını biliyor musun?"

"Sana yalan söyleyecek değilim. Tam bilmiyordum. Öğrenip ezberlemiştim, çünkü ben her şeyi öğrenirim. Çok da güzel bir şarkıydı. Anlamını hiç düşünmemiştim... Yine de babam bana öyle çok vurdu, öyle çok vurdu ki, Portuga... Ama olsun..."

Uzun uzun burnumu çektim.

"Olsun, onu öldüreceğim."

"Ne diyorsun evladım sen, babanı mı öldüreceksin?"

"Evet, öldüreceğim. Çoktan başladım bile. Öldürmek derken öyle Buck Jones'un tabancasını alıp dan diye öldürmeyi kastetmiyorum. Öyle değil. Kastettiğim onu kalbimde öldürmek. İyiliğini istemekten vazgeçmek. Derken bir gün ölüp gidecek."

"Küçücük kafacığın ne hayallerle dolu..."

Böyle dese de içindeki huzursuzluğu atamadığı belliydi.

"Sen beni de öldüreceğini söylemiyor muydun?"

"Başta söylemiştim. Sonra seni tersinden öldürdüm. Seni kalbimde doğurarak öldürdüm. Dünyada sevdiğim tek insan sensin, Portuga. Tek arkadaşım sensin. Bana kart, gazoz, şekerleme ya da misket veriyorsun diye değil... Yemin ederim, doğruyu söylüyorum."

"Bak, herkes senin iyiliğini istiyor. Annen, hatta baban bile. Ablan Glória, Kral Luís... Yoksa şeker portakalını unuttun mu? Hani Minguinho ve..."

"Xururuca."

"Al bak..."

"Şimdi durum farklı, Portuga. Xururuca çiçek bile veremeyen küçücük bir şeker portakalı... Doğruya doğru... Ama sen öyle değilsin. Sen benim dostumsun ve beraber arabamızla gezmeyi bu yüzden istedim, çünkü yakında sahibi bir tek sen olacaksın. Sana veda etmeye geldim."

"Veda mı?"

"Ciddiyim. Görüyorsun, yaramazın tekiyim, dayak yemekten, kulağımın çekilmesinden usandım artık. Artık kimseye yük olmayacağım..."

Gırtlağımın düğümlendiğini hissettim. Söyleyeceklerimin devamını getirebilmek için büyük bir cesarete ihtiyacım vardı.

"Kaçacak mısın yani?" diye sordu.

"Hayır. Bütün hafta buna kafa yordum. Bu gece kendimi Mangaratiba'nın altına atacağım."

Hiçbir şey söylemedi. Beni sımsıkı kucakladı ve başka kimseden görmediğim bir şefkatle avuttu.

"Hayır. Gözünü seveyim böyle şeyler söyleme. Önünde güzel bir hayat var. Böyle bir hayal gücüne ve zekâya sahipken... Sakın böyle şeyler söyleme, günah! Bunu bir daha düşünmeni de tekrarlamanı da istemiyorum. Ya ben? Benim iyiliğimi istemiyor musun? Beni seviyorsan ve yalan söylemiyorsan bir daha böyle şeyler demezsin."

Kollarını gevşetip gözlerime baktı. Ellerinin tersiyle gözyaşlarımı sildi.

"Seni çok seviyorum, bızdık. Sandığından çok daha fazla. Hadi, gülümse."

Biraz da içimi dökmüş olmanın verdiği rahatlıkla gülümsedim.

"Hepsi geçecek," dedi. "Yakında uçurtmalarınla beraber sokakların sahibi sen olacaksın, misketlerin kralı, Buck Jones gibi kuvvetli bir sığırtmaç... Bu arada, aklıma bir şey geldi. Söylememi ister misin?"

"İsterim."

"Cumartesi günü kızımı görmek için Encantado'ya gitmeyeceğim. Kocasıyla beraber birkaç günlüğüne Paquetá'ya tatile gitti. Ben de hazır havalar güzelken Guandu'ya gidip balık tutmayı düşündüm. Büyüklerden bana eşlik edecek kimse olmadığı için aklıma sen geldin."

Gözlerim parladı.

"Beni götürür müydün?"

"Ancak istiyorsan. Gelmek zorunda değilsin."

Cevap olarak yüzümü tıraşlı yanağına yasladım ve kollarımı boynuna sımsıkı doladım.

Gülüyorduk ve bütün felaketler uzaklarda kalmıştı.

"Bildiğim güzel bir yer var. Yanımızda yiyecek bir şeyler götürürüz. En çok ne seversin?"

"Seni, Portuga."

"Kastettiğim başka, salam, yumurta, muz..."

"Her şeyi severim. Evde hepimiz, ne varsa sevmeyi öğrendik."

"Gidiyor muyuz öyleyse?"

"Aklımda bunlar varken gece gözüme uyku girmeyecek."

Fakat mutluluğumuzun önünde büyük bir engel vardı.

"Peki bütün gün ortalarda görünmeyeceğini evdekilere nasıl açıklayacaksın?"

"Uydururum bir şey."

"Ya sonra yakalanırsan?"

"Ay sonuna kadar kimse bana vuramaz. Glória'ya söz verdiler, Glória cazgırdır. Bana benzeyen tek rengi bozuk odur."

"Sahiden mi?"

"Evet. Bana ancak bir ay sonra dayak atabilirler, ben 'toparlandıktan' sonra."

Motoru çalıştırdı ve dönüşe geçtik.

"O bahsettiğin konu kapandı mı böylece?" diye sordu.

"Hangi konu?"

"Mangaratiba hani?"

"Onun için biraz daha bekleyeceğim..."

"İyi bari."

Sonradan Ladislau Efendi'den öğrendiğime göre, ben ne kadar söz vermiş olsam da Portuga ancak Mangaratiba geçtikten sonra evine dönmüş. Hava iyice karardıktan sonra.

* * *

Nefis yollardan geçmekteydik. Yol geniş sayılmasa, asfalt veya taş kaplı olmasa da ağaçlar ve çayırlar çok güzeldi. Güneşi ve masmavi gökyüzünü saymıyorum bile. Dindinha bir seferinde mutluluğun "yüreğimizde parlayan bir güneş" olduğunu söylemişti. Güneş her şeyi mutlulukla aydınlatıyordu. Eğer bu doğruysa, her şeyi güzelleştiren şey göğsümde pırpır eden yüreğimdi...

Biz havadan sudan konuşurken araba da hiç acele etmeksizin süzülürcesine ilerliyordu. O bile konuştuklarımıza kulak vermek istiyordu sanki.

"Valla benimle beraberken uslu mu uslusun. Öğretmeninle de öyle olduğunu söylemiştin, adı neydi?"

"Dona Cecília Paim. Onun bir gözünün üstünde beyaz bir beni olduğunu biliyor muydun?"

Güldü.

"Dona Cecília Paim'in de senin sınıf dışında yaptıklarına inanamadığını söylemiştin. Küçük kardeşine ve Glória'ya da iyi davranıyorsun. Peki neden böyle değişiveriyorsun?"

"Bunu ben de bilmiyorum. Tek bildiğim, yaptığım her şeyin haylazlıkla sonlandığı. Yaramazlıklarımı bütün sokak biliyor. Sanki şeytan kulağıma bir şeyler fısıldıyor. Yoksa bu kadar afacanlığa girişmezmişim, Edmundo Dayım öyle diyor. Bir seferinde Edmundo Dayıma ne yapmıştım, biliyor musun? Hiç anlatmadım, değil mi?"

"Anlatmadın."

"Altı ay falan önceydi. Kuzey'den hediye bir hamak gelince dünyalar onun olmuştu. Bizim bile sallanmamıza izin vermiyordu, o... çocuğu..."

"Ne dedin?"

"Şey, sefil dedim, uykusundan uyanınca hamağı kaldırıp kolunun altında içeri götürüyordu. Gören de parçalayacağız sanırdı. Derken bir gün Dindinha'nın evine gittim ve ona görünmeden içeri girdim. Gözlüğü burnunun ucunda, gazetedeki ilanları okuyor olmalıydı. Evde bir tur attım. Guava ağaçlarının oraya baktım ama kimse yoktu. Derken Edmundo Dayımı gördüm, bahçenin çitiyle portakal ağaçlarından birinin gövdesi arasına kurduğu hamağında horlamaktaydı. Domuz gibi sesler çıkarıyordu. Ağzı gevşemiş ve aralanmıştı. Gazetesi yere düşmüştü. Derken şeytan dürttü ve cebimde bir kibrit kutusu taşıdığımı hatırladım. Çıt çıkarmadan gazeteden bir şerit yırttım. Başka sayfaları da yırtıp bir araya getirdim ve hepsini tutuşturdum. Altında alevler tam belirmeye başlayınca..."

Anlatmaya ara verdim ve ciddi bir tavırla sordum:

"Portuga, kıç diyebilir miyim?"

"Şey. Küfür sayılır, sık kullanmasan iyi olur."

"Peki kıç demek istediğimizde yerine ne diyebiliriz?"

"Kalça."

"Ne? Bu kelimeyi öğrenmem lazım, zormuş."

"Kalça. KAL-ÇA."

"Neyse, kıçının kalçaları alttan yanmaya başlayınca koşup kaçtım, bahçe kapısından çıkıp çitteki delikten içeriyi gözetlemeye koyuldum. Feci bir çığlık duyuldu. İhtiyar bir sıçrayışta ayağa fırlayıp hamağı kaldırdı. Üstüne bir de Dindinha koşarak gelip ona bir azar çekti. 'Söylemekten bıktım artık, şu sigarayı hamakta içmesene.' Gazetenin yandığını görünce henüz okumadığını söyleyerek yakındı."

Portekizli gevrek gevrek güldü, onu mutlu görmek beni de memnun ediyordu.

"Seni yakalayamadılar mı?"

"Keşfetmediler ki. Bir tek Xururuca'ya anlattım. Yakalasalar torbamı keserlerdi."

"Neyini keserlerdi?"

"Şey, hadım ederlerdi."

Yeniden bir kahkaha attı ve bir süre yolu izledik. Arabanın geçtiği her yerden sarı bir toz kalkıp havalara savruluyordu. Zihnimdeyse başka düşünceler dönmekteydi.

"Portuga, bana yalan söylemedin, değil mi?"

"Ne konuda, bızdık?"

"Ben şimdiye kadar kimsenin 'kalçasına tekme yemiş' dediğini duymadım. Sen duydun mu?"

Tekrar bir kahkaha attı.

"Açıkgöz seni. Ben de hiç duymadım. İşe bak. Sen iyisi mi kalçayı unut, onun yerine popo de. Ama artık konuyu değiştirelim, yoksa sana cevap yetiştiremeyeceğim. Dışarıyı izle, birazdan koca koca ağaçlar görmeye başlayacağız. Her an nehre biraz daha yaklaşıyoruz."

Sağa sapıp dar bir yola girdi. Araba ilerledi, ilerledi ve sonunda bir açıklıkta durdu. Ortada tek bir ağaç vardı, kökleri dev gibiydi.

Sevinçle el çırptım.

"Ne güzel! Ne güzel bir yer! Buck Jones'la buluştuğumda onun çayırlarının ve ovalarının bizim mekânımızla boy ölçüşemeyeceğini söyleyeceğim."

Başımı okşadı.

"Seni hep böyle görmek istiyorum. Kafan hayallerle dolu olsun, karabasanlarla değil."

Arabadan indik ve eşyalarımızı ağacın gölgesine taşımasına yardım ettim.

"Buraya hep yalnız başına mı gelirsin, Portuga?"

"Neredeyse hep. Gördün mü? Benim de bir ağacım var."

"Adı ne, Portuga? Bu kadar büyük bir ağacın sahibiysen isim vermemek olmaz."

Biraz düşündükten sonra gülümsedi ve biraz daha düşündü.

"Aslında bu bir sır, ama sana söyleyeceğim. Adı Kraliçe Carlota."

"Seninle konuşuyor mu peki?"

"Konuştuğu söylenemez. Çünkü bir kraliçe tebaasıyla asla doğrudan konuşmaz. Ama ben ona hep ekselansları diye hitap ediyorum."

"Tebaa ne demek?"

"Kraliçenin emirlerine itaat eden halk demektir."

"Yani ben senin tebaan mı olacağım?"

Öyle keyifli bir kahkaha koyverdi ki çayırdaki çimenler bile oynaştı.

"Hayır, çünkü ben kral değilim ve kimseye emir vermem. Senden bir şey isteyeceğim zaman mutlaka rica ederek isterim."

"Ama sen kral olabilirdin. Kral olmak için her şeye sahipsin. Bütün krallar senin gibi şişmandır. Kupanınki öyle, maça, sinek ve karonunki de. İskambil kâğıtlarındaki bütün krallar senin gibi yakışıklı, Portuga."

"Hadi bakalım. Artık işe koyulalım, lafa dalarsak balık malık tutamayacağız."

Arabadan bir olta aldı, bir de içinde solucanlar bulunan bir konserve tenekesi, sonra ayakkabılarını ve yeleğini çıkardı. Yeleksizken daha da şişman görünüyordu. Nehri işaret etti.

"En fazla şuraya kadar açılmana izin var. Orası sığlık. Ötesine gitmek yok, su aniden derinleşir. Ben bu tarafta balık tutacağım. Yanımda kalmak istersen sakın konuşmak yok. Yoksa balıklar kaçar."

Onu oturduğu yerde bırakıp maceraya atıldım. Keşfedecek bir sürü şey vardı. Nehrin bu kısmı nasıl da güzeldi. Ayaklarımı suya soktum ve akıntının içinde bir oraya bir buraya kaçışan dünya kadar kurbağa yavrusu gördüm. Aklıma Glória'nın okuduğu bir şiir geldi.

"Bırak, pınar, bırak beni hemen!"
Derdi çiçek ağlayarak
"Dağlarda doğmuşum ben...
Götürme denize, n'olur bırak..."

Taşkındı buz gibi pınar,
Alayla fısıldayarak coşardı,
Kumları önüne katar,
Çiçeği uzaklara taşırdı.

"Vay dallarım sallandı,
Sallandı beşik gibi;
Vay, berrak çiy damlası
Geldiğin yer göğün mavisi!"

Glória haklıydı. Dünyanın en güzel şeyiydi bu. Maalesef şiirin canlandığını gözlerimle gördüğümü ona anlatamayacaktım. Suda çiçek yoktu, ama ağaçlardan dökülerek denizin yolunu tutan küçük yapraklar vardı. Acaba bu nehir de denize ulaşıyor muydu? Portuga'ya sormalıydım. Yok, sorarsam balıkları kaçırırdım.

Ama sonuçta tuta tuta iki *lambari* balığı tuttu, öyle ufaklardı ki insanın içi fena oluyordu.

Güneş tam tepemizdeydi. Oyunlar oynayıp hayatla laflamaya kendimi öyle kaptırmıştım ki yüzümü ateş basmıştı. Derken Portuga yerinden kalkıp bana seslendi. Küçük bir keçi yavrusu gibi koşarak yanına gittim.

"Üstün başın amma kirlenmiş, bızdık."

"Bir sürü oyun oynadım. Yerlerde yuvarlandım. Sularda sıçradım..."

"Hadi bir şeyler yiyelim. Ama böyle domuz yavrusu gibi leş bir halde yemeğe oturamazsın. Gel üstünü çıkar, şu sığ tarafta suya gir çık."

Bir an kararsız kaldım, söylediğini yapmak istemiyordum.

"Ben yüzme bilmem."

"Gerek yok ki. Gel, ben yanında dururum."

Yerimden kımıldamadım. Görmesini istemiyordum...

"Benim önümde soyunmaya utanacak değilsin herhalde?"

"Yok. Ondan değil..."

Başka seçeneğim yoktu; sırtımı dönüp üstümü çıkarmaya başladım. Önce gömleğimi, sonra da askılı pantolonumu.

Hepsini yere attım ve dönüp yalvarırcasına yüzüne baktım. Hiçbir şey söylemese de kapıldığı dehşet ve isyan gözlerinden okunuyordu. Yediğim dayakların bıraktığı morartıları, izleri ve kabukları görmesini hiç istemezdim.

İçlendiği için kelimeleri bulmakta zorlansa da, "Acıyorsa suya girmene gerek yok," diyebildi.

"Artık acımıyor."

* * *

Yumurta, muz, salam, ekmek ve muz şekerlemesi yedik. Bu sonuncusunu bir tek ben seviyordum. Nehirden su içtik ve Kraliçe Carlota'nın altına döndük.

Tam oturacakken ona durmasını işaret ettim.

Elimi göğsüme koydum ve eğilerek ağacı selamladım.

"Majesteleri, tebaanız Şövalye Manuel Valadares ile Pinagé halkının en yiğit savaşçısı... Ekselanslarının gölgesine oturacağız."

Gülüşerek oturduk.

Portuga iyice uzandı, yeleğini yastık niyetine ağacın köklerinden birinin üstüne serip konuştu:

"Şimdi biraz kestirebiliriz."

"İyi de ben uyumak istemiyorum ki."

"Olsun. Seni başıboş bırakacak değilim, afacansın malum."

Elini göğsüme koyarak beni tutsak etti. Uzun süre ağacın dalları arasından geçip giden bulutları izledik. Beklediğim an gelmişti. Şimdi söylemezsem bir daha hiç söyleyemeyecektim.

"Portuga!"

"Hı..."

"Uyudun mu?"

"Daha değil."

"Tatlıcıda Ladislau Efendi'ye söylediklerin doğru mu?"

"Valla tatlıcıda Ladislau Efendi'ye öyle çok şey söylemişimdir ki..."

"Benim hakkımda söylediklerin. Duydum. Arabadan duydum."

"Ne duydun peki?"

"Beni sahiden çok mu seviyorsun?"

"Tabii ki seviyorum. Niye ki?"

Bunun üstüne kollarından ayrılmadan yüzümü onunkine döndüm. Gözlerimi aralık gözlerine diktim. Böyleyken yüzü daha da şişman görünüyor, daha da krala benziyordu.

"Hayır, demek istediğim, sen beni gerçekten seviyor musun?"

"Tabii ki, sersem."

Söylediğini kanıtlamak istercesine bana daha sıkı sarıldı.

"Düşündüm de. Senin bir tek Encantado'daki kızın var, değil mi?"

"Evet."

"Evinde yalnız başına yaşıyorsun, değil mi, kafesteki iki kuştan başka kimsen yok?"

"Evet."

"Torunun olmadığını söylemiştin, değil mi?"

"Evet."

"Beni sevdiğini de söyledin, değil mi?"

"Evet."

"O zaman neden bizim eve gelip babamdan beni sana vermesini istemiyorsun?"

Öyle duygulandı ki doğrularak oturdu ve yüzümü avuçları arasına aldı.

"Sen benim oğlum olmak mı istiyorsun?"

"İnsan babasını doğmadan önce seçemiyor. Ama ben seçebilsem seni seçerdim."

"Gerçekten mi, bızdık?"

"Yemin bile edebilirim. Hem böylece sofradan bir tabak eksilmiş olur. Söz veriyorum, bir daha hiç küfretmem, kıç bile demem. Ayakkabılarını boyarım, kuşların kafesini temizlerim. Çok uslu dururum. Okulun en iyi öğrencisi olurum. Her şeyi yaparım, bütün kurallara uyarım."

Ne diyeceğini bilemiyordu.

"Başkasına verilirsem evdekiler sevinçten ölürler. Rahat bir nefes alırlar. Glória ile Antônio'nun arasında doğmuş bir ablam var, Kuzey'e yolladılar. Zengin bir kuzenimizin yanına verdiler, okuyup önemli yerlere gelsin diye..."

Suskunluğu devam ediyordu, gözleri yaşlarla dolmuştu.

"Vermek istemezlerse satın alabilirsin. Babamın hiç parası yok. Beni kesin satar. Çok para isterse taksitle alabilirsin, Jacob Efendi de hep taksite böler..."

Cevap gelmeyince önceki gibi yattım, o da yattı.

"Bak, Portuga, beni istemiyorsan hiç önemli değil. Seni ağlatmayı istemezdim..."

Saçlarımı ağır ağır okşadı.

"Ondan değil, evladım. Ondan değil. İnsan hayatta işleri öyle tek bir hamlede çözemiyor. Yine de sana bir teklifte bulunacağım. Seni anne babandan ve evinden ayırmam mümkün değil. Ne kadar istesem de buna hakkım yok. Ama bugünden itibaren, seni yavrummuş gibi seven ben, sana öz evladımmışsın gibi davranacağım."

Coşkuyla yerimden fırladım.

"Gerçekten mi, Portuga?"

"Yemin bile edebilirim, senin hep dediğin gibi."

En yakınlarıma bile pek yapmadığım bir şey yaptım: O iyilik dolu şişman yanaklarını öptüm...

Altıncı Bölüm

Şefkat parça parça meydana getirilen bir şeydir

"Peki hiçbiri konuşmuyor muydu, ata biner gibi binmene bile izin yok muydu, Portuga?"

"Yoktu."

"İyi de sen o zamanlar çocuk değil miydin?"

"Öyleydim. Ama her çocuk senin gibi ağaçları anlama mutluluğuna erişemiyor. Zaten bütün ağaçların konuşmayı sevdiği de söylenemez."

Tatlılıkla güldü ve anlatmayı sürdürdü:

"Aslında çocukluğumdakilere ağaçtan ziyade asma demek daha doğru, sen sormadan hemen açıklayayım: Üzüm ağacına asma denir. Üzüm orada yetişir. Kalın sarmaşıklara benzer. Bağbozumu pek hoştur," (sonra bağbozumunun anlamını açıkladı), "ah üzümü dibekte ezerek yapılan o şarap yok mu..." (dibeği de açıkladı).

Görünüşe bakılırsa o da bilmediğim bir sürü ifadeyi açıklayabiliyordu. Tıpkı Edmundo Dayım gibi.

"Daha anlatsana," dedim.

"Hoşuna mı gitti?"

"Hem de çok. Seninle sekiz yüz elli iki bin kilometre boyunca hiç durmadan laflamak isterdim."

"Benzinimiz yeter mi ki?"

"Yalancıktan doldurursak yeter."

Sonra kışın samana dönüşen çimenleri ve peynir imalatını anlattı. Peynir değil "paynir" diyordu. Kelimelerin ezgisini değiştiriyordu, ama bence ortaya daha da güzel ezgiler çıkıyordu...

Anlatmayı kesti ve uzun uzun iç geçirdi...

"Yakınlarda oraya dönebilmeyi isterdim. Belki de yaşlılığımı huzur dolu, büyüleyici bir yerde sakince geçirmek için. Monreal yakınındaki Folhadela köyünde, canım gibi sevdiğim Trás-os-Montes bölgesinde."

Portuga'nın babamdan daha yaşlı olduğunu ancak o zaman fark ettim, şişman suratı daima tıraşlı olsa da çizgileri pek belli olmuyordu. Tuhaf bir burukluk hissettim.

"Ciddi misin?" dedim.

Üzüldüğümü ancak o zaman fark etti.

"Şabalak, bu bahsettiğime daha çok var. Belki ömrüm bile yetmez."

"Ya ben?" dedim. "Seni istediğim ayara getirmek için o kadar uğraştım."

Korkuma yenildim ve gözlerim yaşlarla doldu.

"Yapma ama bazen benim de hayal kurmaya hakkım var."

"İyi de hayalinde bana yer vermedin ki."

Keyifle gülümsedi.

"Ben bütün hayallerimde sana yer veriyorum, Portuga. Tommiks ve Fred Thompson ile yeşil çayırlarda maceraya atıldığımda sen çok yorulma diye bir at arabası kiraladım. Nereye gitsem seni görüyorum. Bazen sınıfta kapıya bakınca senin aniden belirip bana el sallayacağını düşünüyorum..."

"Aman Tanrım! Hayatımda senin kadar şefkate susamış bir yavrucak görmedim. Ama bana bu kadar bağlanmamalısın, tamam mı?.."

Minguinho'ya bunları anlatmaktaydım. Minguinho gevezeliğe düşkünlük konusunda benden beterdi.

"Gerçekten de babam olduktan sonra üzerime titremeye başladı, Xururuca," dedim. "Ne yapsam bayılıyor.

Ama başka türlü bayılıyor. 'Bu çocuğun geleceği parlak,' diyenler gibi değil. Güya geleceğim parlak ama daha Bangu'dan bile çıkamıyorum."

Şefkatle Minguinho'ya baktım. Şefkatin ne olduğunu keşfettiğimden beri sevdiğim her şeyi şefkate boğuyordum.

"Bak, Minguinho, ben on iki çocuğum olsun istiyorum, sonra on iki tane daha. Anladın mı? İlk on ikisi hep çocuk kalacak ve asla dayak yemeyecek. Öbür on ikisi büyüyüp adam olacak. Onları karşıma alıp soracağım: 'Sen ne olmak istiyorsun, evladım? Oduncu mu? Tamam, buyur: Al sana bir balta, bir de kareli gömlek. Sen sirkte hayvan terbiyecisi mi olmak istiyorsun? Buyur: Sana da bir kırbaç ve kostüm..."

"Peki Noel'de ne yapacaksın bu kadar çocukla?"

Minguinho da az değildi hani! Böyle bir anda söylenecek şey miydi...

"Noel'de bir sürü param olacak. Bir kamyon dolusu kestane ve fındık alacağım. Cevizler, incirler, kuru üzümler... Öyle çok oyuncak alacağım ki çocuklarım fakir komşulara bile dağıtacaklar... Bir sürü param olacak, çünkü artık zengin olmak istiyorum, aşırı zengin, üstüne bir de piyango kazanacağım..."

Meydan okurcasına Minguinho'ya bakarak lafımı kesmesini hiç istemediğimi belli ettim.

"Bırak da anlatmayı bitireyim, daha çok çocuğum var. Peki evladım, sen sığırtmaç mı olmak istiyorsun? Al sana bir eyer, bir de kement. Sen Mangaratiba'nın makinisti mi olmak istiyorsun? Al sana bir kep, bir de düdük..."

"Ne düdüğü, Zezé? Kendi kendine konuşa konuşa kafayı yedin."

Totoca gelip yanıma oturmuştu. Dudaklarında dostane bir gülümsemeyle her yanından kurdeleler ve bira kapakları sarkan şeker portakalımı inceledi. Belli ki bir şey isteyecekti.

"Zezé, bana dört yüz kuruş ödünç verebilir misin?"

"Hayır."

"Ama paran var, yok mu?"

"Var."

"Daha ne yapacağımı bilmeden vermeyeceğini mi söylüyorsun?"

"Ben çok zengin olacağım, sonra da Trás-os-Montes'e seyahat edeceğim."

"Ne saçmalıyorsun yahu?"

"Anlatamam."

"O zaman kendine sakla."

"Saklarım, dört yüz kuruş da ödünç vermem."

"Misket oyununda senin üstüne nişancı yok, işin kurdusun. Yarın yine oynar, satacak başka bir sürü misket kazanırsın. Dört yüz kuruşu hemencecik toparlarsın."

"Yine de sana ödünç vermem, sakın kavga falan da çıkarma, ben uslu uslu oturuyorum, kimseye sataşmıyorum."

"Kavga etmek istemiyorum. En sevdiğim kardeşim sensin. Ama birden kalpsiz bir canavara dönüştün..."

"Canavara dönüşmedim. Şu anda kalpsiz bir trogloditim."

"Nesin?"

"Troglodit. Edmundo Dayım dergide bir resim göstermişti. Resimde her tarafı tüy kaplı koca bir maymun vardı, elinde de koca bir sopa. İşte, troglodit dünyanın başlangıcındaki insanlara denirmiş, mağaralarda yaşarlarmış, şeyde, Nem... Nem... Neyse şimdi. Bir türlü ezberleyemedim, çünkü yabancı bir isim ve aşırı zor..."

"Edmundo Dayı kafanı bu kadar zırvayla doldurmasa daha iyi olacak. Peki parayı ödünç verecek misin?"

"O kadar param var mı bilmiyorum ki..."

"Vay be, Zezé, ayakkabı boyamaya çıktığımızda kaç kez sen hiçbir şey kazanmasan da kazancımı senle bölüştüm. Kaç kez sen yorgunsun diye sandığını ben taşıdım..."

Doğru söylüyordu. Totoca bana nadiren kötü davranırdı. Sonunda parayı ödünç vereceğimi biliyordum.

"Parayı verirsen sana birbirinden harika iki şey anlatırım," dedi.

Sesimi çıkarmadım.

"Hem senin şeker portakalının benim demirhindimden çok daha güzel olduğunu da söylerim."

"Sahiden söyler misin?"

"Söyledim bile."

Elimi cebime sokup bozuklukları şıkırdattım.

"Ya anlatacağın öbür iki şey?"

"Biliyor musun, Zezé, sefaletimiz yakında bitecek; babam Santo Aleixo Fabrikası'nda ustabaşı olarak iş buldu. Yeniden zengin olacağız. Hayda! Sevinmedin mi?"

"Sevindim tabii, babam adına. Ama ben Bangu'dan ayrılmak istemiyorum. Dindinha'nın yanına taşınırım. Buradan ayrılırsam ancak Trás-os-Montes'e gitmek için ayrılırım..."

"Doğru anladıysam Dindinha'nın yanında kalıp her ay müshil içmeyi bizle gelmeye tercih ediyorsun, öyle mi?"

"Öyle. Nedenini asla öğrenemeyeceksin... Öbür anlatacağın neydi?"

"Burada söyleyemem. 'Biri' duymasa iyi olur."

Kalkıp ta helanın oraya gittik. Buna rağmen konuşurken sesini alçalttı.

"Seni uyarmalıyım, Zezé. Şimdiden alışasın diye. Belediye sokakları genişletecekmiş. Bütün dereleri toprakla dolduracak, evlerin arka bahçelerini de küçülteceklermiş."

"N'olmuş yani?"

"Bir de akıllı olacaksın, anlamadın mı? Sokağı genişletirken önlerine çıkan her şeyi söküp süpürecekler."

Eliyle şeker portakalı fidanımın durduğu noktayı işaret etti. Dudaklarımı büzdüm, ağlamak üzereydim.

"Yalan söylüyorsun, değil mi, Totoca?"

"Ağlayacak gibi duruyorsun ama buna gerek yok. Başlamalarına daha çok zaman var."

Parmaklarımı tedirgince cebimdeki bozukluklarda gezdiriyordum.

"Yalan, değil mi, Totoca?"

"Hayır. Tamamen doğru. Ama sen erkek misin değil misin?"

"Evet, erkeğim."

Fakat gözyaşlarım kalleşçe yanaklarımdan aşağı süzülmekteydi. Abimin karnına sarılıp yalvardım.

"Bana destek olacaksın, değil mi, Totoca? Bir sürü insan toplayıp savaşacağım. Şeker portakalımı kimselere kestirmem..."

"Tamam. İzin vermeyiz. Artık parayı verebilir misin?"

"Ne içindi?"

"Gerçi senin Bangu Sineması'na girmen yasak ama... İşte orada bir Tarzan filmi gösteriliyor. İzleyince sana baştan sona anlatırım."

Cebimden beş yüz kuruşluk bir bozukluk çıkardım ve ona uzatırken bir yandan da gözlerimi gömleğimin eteğine sildim.

"Üstü sende kalsın. Şeker alırsın..."

Şeker portakalı fidanımın yanına döndüğümde içimden hiç konuşmak gelmedi, aklım Tarzan filmiyle meşguldü. Aslında evvelki gün izlemiştim. Öncesinde Portuga'ya gidip filmden bahsettiğimde hemen sormuştu:

"Gitmek ister misin?"

"İsterim istemesine, ama Bangu Sineması'na girmeme izin yok."

Neden izin vermediklerini hatırlatmıştım. Gülmüştü.

"Kafacığının içinde hayal ettiğin bir şey olmasın sakın?"

"Yemin ederim, Portuga. Ama bence yanımda bir büyükle gidersem bir şey demezler."

"Bu büyük ben miyim acaba... İstediğin bu mu?"

Yüzüm sevinçle aydınlanmıştı.

"Ama benim çalışmam lazım, evladım," demişti.

"Bu saatte zaten pek iş olmaz. Milletle laflamak ya da arabada uyuklamak yerine leopar, timsah ve gorillerle dövüşen Tarzan'ı izleyebilirsin. Başrolde kim var, biliyor musun? Frank Merrill."

Hâlâ tereddüt ediyordu.

"Seni kerata. Tuzağına düşmemek imkânsız."

"Sadece iki saatçik. Sen zaten çok zenginsin, Portuga."

"Hadi madem. Ama yürüyerek gidelim. Hazır park etmişken arabamı burada bırakacağım."

Böylece sinemaya gitmiştik. Fakat bilet gişesindeki kız kesin emir aldığını, beni bir yıl boyunca içeri sokamayacağını söylemişti.

"Sorumluluğu bana ait. Eskiden yapmış olduğu bir şey, artık uslandı, aklı eriyor," demişti Portuga.

Gişedeki kız bana bakınca gülümsemiştim. Elimi kaldırıp parmaklarımın ucuna bir öpücük kondurmuş ve üfleyerek ona göndermiştim.

"Bana bak, Zezé. Eğer yaramazlık edersen işimden olurum."

Minguinho'ya anlatmak istemediğim işte buydu, ama çok geçmeden kendimi tutamayıp anlattım.

Yedinci Bölüm

Mangaratiba

Dona Cecília Paim kimin karatahtaya kalkıp bir cümle yazmak istediğini sınıfa sorduğunda –ama kendi cümlemiz olacaktı– cesaret eden kimse çıkmadı. Derken aklıma bir şey geldi ve parmağımı kaldırdım.

"Gelmek ister misin, Zezé?"

Sıramdan kalkıp karatahtaya yöneldiğim sırada öğretmenimin yaptığı yorumu duyunca gururlanmadan edemedim.

"Gördünüz mü? Hem de sınıfın en ufak tefeği."

Boyum tahtanın yarısına zor yetişiyordu. Tebeşiri alıp özenle yazmaya koyuldum:

Tatilin gelmesine birkaç gün kaldı.

Hata yapıp yapmadığımı anlamak için öğretmenime baktım. Dudaklarında memnuniyet dolu bir gülümseme vardı, masanın üstündeyse her zamanki boş bardak. Boştu, ama içinde hayalî bir gül vardı, öğretmenim öyle demişti. Belki de Dona Cecília Paim güzel bir kadın olmadığından çiçek veren kimse çıkmıyordu.

Cümlemden memnun bir halde sırama döndüm. Memnundum, çünkü tatil gelince Portuga'yla beraber deli gibi gezecektim.

Sonradan başkaları da cesaret edip tahtaya kalktılar. Ama günün kahramanı bendim.

Derken biri sınıfa girmek için kapıyı tıklattı. Geç kalan bir öğrenciydi. Jerônimo'ydu. Nefes nefese içeri girip tam arkama oturdu. Kitaplarını paldır küldür sıraya koydu ve yanındakine bir şeyler söyledi. Ne dediğine dikkat etmedim. Tek istediğim derslerime çalışıp bilgili biri olmaktı. Ama fısıldaşmaların arasında bir kelime dikkatimi çekti. Mangaratiba'nın lafı geçmişti.

"Arabaya mı çarpmış?"

"Koca bir araba. Güzelim bir şey, hani Manuel Valadares'inki."

Telaşla arkama döndüm.

"Ne dedin sen?"

"Dedim ki, Mangaratiba, Portekizlinin arabasına çarpmış, Chita Sokağı'nın oradaki hemzemin geçitte. Okula bu yüzden geç kaldım. Tren arabayı un ufak etmiş. İnsanlar her taraftan akın etmişler. Ta Realengo Mahallesi'nden itfaiyeyi bile çağırmışlar."

Soğuk terler dökmeye başladım, gözlerim kararmak üzereydi.

"Ölüp ölmediğini bilmiyorum. Çocukları yaklaştırmıyorlardı."

Ayağa ne ara kalktığımı hatırlamıyorum. Vücudum tepeden tırnağa soğuk terle kaplanırken kusmak için müthiş bir arzu duydum. Sıramdan ayrılıp kapıya doğru yürüdüm. Benzimin attığını görünce korkup yanıma gelen Dona Cecília Paim'in suratını hayal meyal seçebildim.

"Ne oldu, Zezé?"

Ama cevap veremiyordum. Gözlerim yaşlarla dolmaya başladı. Derken kudurmuş gibi koşmaya başladım, müdire hanımın odasını düşünmeden koşmayı sürdürdüm. Sokağa ulaştığımda aklıma ne Rio-São Paulo Otoyolu geldi ne de başka bir şey. Tek istediğim koşmak, koşmak ve oraya varmaktı. Kalbim midemden beter sancıyordu ve Casinhas Sokağı boyunca durmaksızın koştum. Tatlıcının oraya gelince arabaları gözden geçirdim, Jerônimo'nun yalan söylemediğine emin olmak istiyordum. Ama arabamız orada değildi. Bir inilti koyverip yeniden koşmaya başladım. Derken Ladislau Efendi'nin güçlü kolları beni kavradı.

"Nereye gidiyorsun, Zezé?"

Suratım gözyaşlarıyla sırılsıklamdı.

"Oraya gidiyorum."

"Gitmemelisin."

Deli gibi çırpındım, tekmeler savurdum, ama kollarından kurtulmayı başaramadım.

"Sakin ol, evladım. Oraya gitmene izin vermeyeceğim."

"Demek Mangaratiba onu öldürdü..."

"Hayır. Ambulans geldi bile. Sadece otomobili epey hasar görmüş."

"Yalan söylüyorsunuz, Ladislau Efendi."

"Niye yalan söyleyecekmişim ki? Trenin otomobile çarptığını söylemedim mi? İşte, hastanede ziyaretçi kabul etmeye başladığında seni götürürüm, söz. Şimdi gel birer gazoz içelim."

Bir mendil çıkarıp terimi sildi.

"Biraz kusmam lazım."

Duvara yaslandım ve adam yardım etmek için başımı tuttu.

"Daha iyi misin, Zezé?"

Başımı evet anlamında salladım.

"Seni evine götüreyim, olur mu?"

Başımı hayır anlamında salladım ve ağır adımlarla yanından ayrıldım, pusulam tamamen şaşmıştı. Gerçekte olanları biliyordum. Mangaratiba kimseyi affetmezdi. Ondan kuvvetli bir tren daha yoktu. Birkaç kez daha kustum ve kimsenin beni umursamadığını fark ettim. Hayatta başka kimsem kalmamıştı. Okula dönmedim, yüreğimin gösterdiği yönde ilerledim. Arada sırada burnumu çekip yüzümü önlüğüme siliyordum. Sevgili Portuga'mı bir daha hiç göremeyecektim. Asla... Çekip gitmişti. Yürüdüm, yürüdüm. Otoyolun kıyısındaydım, kendisine Portuga dememe ve arabasına asılmama izin verdiği yerde durdum. Devrilmiş bir ağacın gövdesine oturdum ve iyice büzüşüp dizlerimi yüzüme dayadım.

İçimde beklemediğim kadar büyük bir isyan dalgası kabarıverdi.

"Sen kötü kalplisin, Bebek İsa. Ben senin bu kez Tanrı olarak doğacağını zannederken yapılacak şey mi bu? Neden öbür çocukları sevdiğin gibi beni de sevmiyorsun? Çok uslu durdum. Bir daha hiç kavga etmedim, derslerime çalıştım, küfretmeyi bıraktım. Kıç bile demedim. Neden bana böyle davranıyorsun, Bebek İsa? Şeker portakalımı kesecekler, ama bunun için bile yaygara çıkarmadım. Sadece birazcık ağladım... Şimdiyse... Şimdiyse..."

Gözyaşlarım yine sel olup aktı.

"Portuga'mı geri istiyorum, Bebek İsa. Portuga'mı bana geri getirmelisin..."

Derken yumuşak mı yumuşak, tatlı mı tatlı bir ses konuştu yüreğime. Üstüne oturduğum ağacın dostane sesi olmalıydı bu.

"Ağlama sakın, ufaklık. O şimdi gökyüzünde."

Hava kararmaya başladığı sırada, artık kusmaya da ağlamaya da halimin kalmadığı bir anda, Totoca beni buldu; Dona Helena Villas-Bôas'ın evinin önündeki basamaklara oturmuştum.

Söylediklerine ancak inleyerek karşılık verebildim.

"Neyin var, Zezé? Konuş benimle."

Bense alçak sesle inlemeyi sürdürdüm. Totoca elini alnıma koydu.

"Cayır cayır ateşin çıkmış. N'oldu, Zezé? Gel, eve gidelim. Ben sana destek olurum, yavaş yavaş gideriz."

İnlemelerim arasında birkaç sözcük söyleyebildim:

"Bırak, Totoca. O eve bir daha dönmeyeceğim."

"Döneceksin. Orası bizim evimiz."

"Orada hiçbir şeyim kalmadı. Her şey bitti."

Beni ayağa kaldırmaya çalışınca gücümün tamamen tükenmiş olduğunu gördü.

Kollarımı boynuna dolayıp beni kucağına aldı.

Eve girdiğimizde beni yatağıma yatırdı.

"Jandira! Glória! Herkes nerede?" diye bağırdı.

Çıkıp Alaíde'nin evinde laflayan Jandira'yı buldu.

"Jandira, Zezé çok hasta."

Jandira homurdanarak eve girdi:

"Yine numara yapıyordur. Şu terlikle birkaç tane yapıştırayım da..."

Ama tam o sırada Totoca telaşla içeri daldı.

"Sakın, Jandira. Bu kez çok hasta, öldü ölecek..."

* * *

Üç gün üç gece boyunca ne verseler geri çevirdim. Ateşler içindeydim, yemem ya da içmem için verdikleri şeyleri görünce şiddetle kusuyordum. Bir deri bir kemik kalmıştım. Gözlerimi duvara dikiyor, saatler boyunca öylece kımıldamadan duruyordum.

Etrafımda konuşulanları işitiyordum. Her şeyi anlıyordum, ama cevap vermek istemiyordum. Konuşmak istemiyordum. Tek düşündüğüm, gökyüzüne gitmekti.

Glória odasını değiştirip geceleri yanımda kaldı. Işığı söndürmelerine bile izin vermedi. Herkes tatlı davranmaya başlamıştı. Dindinha bile gelip birkaç gün bizde kaldı.

Totoca gözlerini fal taşı gibi açıp saatlerce yanı başımda duruyor, arada sırada bana bir şeyler söylüyordu.

"Söylediğim yalandı, Zezé. İnan bana. Sırf kötülük olsun diye söylemiştim. Kimse sokağı genişletecek falan değil..."

Ev giderek daha fazla sessizliğe gömüldü, herkes ölümün çıt çıkarmadan gelecek adımlarını bekliyordu sanki. Kimse gürültü yapmıyordu. Herkes alçak sesle konuşuyordu. Annem neredeyse bütün gece yanı başımdan ayrılmıyordu. Bense Portuga'yı unutamıyordum. Kahkahalarını. Farklı telaffuzunu. Dışarıdaki cırcırböcekleri bile sakalının *hırş, hırş, hırş* sesini taklit ediyorlardı. Onu aklımdan çıkaramıyordum. Acı çekmek ne demekmiş asıl şimdi anlıyordum. Acı çekmek bayılana dek dayak yemek değildi. Ayaktaki cam kesiğine eczanede dikiş attırmak değildi. Asıl acı, kalbi baştan aşağı sancılara boğan, insana sırrını kimselere anlatmadan ölmeyi arzulatan bir şeydi. Kolları, başı hep dermansız bırakan, yastıkta öbür yana dönme isteğini bile söndüren bir şey.

Durumum giderek kötüleşiyordu. Kemiklerim fırlamıştı. Doktor çağırdılar. Dr. Faulhaber gelip beni muayene etti. Hiç oyalanmadan teşhisi koydu:

"Şok geçirmiş. Çok kuvvetli bir travma. Hayatta kalmasının tek yolu bu şoku atlatmak."

Glória doktoru dışarı götürüp olanları anlattı:

"Sahiden de şok geçirdi, doktor bey. Şeker portakalı fidanını keseceklerini duyduğundan beri bu halde."

"Öyleyse bunun doğru olmadığına ikna etmelisiniz onu."

"Her yolu denedik, ama inandıramadık. Portakal fidanını insan olarak görüyor. Çok tuhaf bir çocuk. Hem hassas hem de aklı şimdiden her şeye eriyor."

Bütün bu konuşulanları duysam da yaşama arzumu yitirmiştim bir kere. Gökyüzüne gitmek istiyordum ve yaşayanlar oraya gidemezlerdi.

Bir sürü ilaç satın alsalar da kusmalarım kesilmedi.

Derken güzel bir şey oldu. Bütün sokak ziyaretime geldi. Benim insan kılığına girmiş bir şeytan olduğumu unutmuşlardı. Sefalet ve Açlık'ın sahibi geldi, bana *ma-*

ria-mole şekerlemesi getirdi. Nega Eugênia birkaç yumurta getirdi ve kusmam geçsin diye elini karnıma koyup dua etti.

"Paulo Efendi'nin oğlu ölmek üzere..." dediklerini işitiyordum.

Yüzümeyse hoş şeyler söylüyorlardı:

"Bir an önce iyileşmelisin, Zezé. Senin şeytanlıkların olmayınca sokağın neşesi kaçıyor."

Dona Cecília Paim beni görmeye geldi, yanında bez çantamı getirmişti, bir de çiçek. Bunu görünce yeniden ağlamaya başladım.

Sınıftan nasıl çıkıp gittiğimi anlatıyor, sonrasında neler olduğunu bilmediğini söylüyordu.

Ama içimi asıl ezen, Ariovaldo Efendi'nin ortaya çıkması oldu. Sesini duyar duymaz tanıdım ve uyuyor numarası yaptım.

"Uyanana kadar dışarıda bekleyebilirsiniz."

Oturdu ve Glória'yla konuşmaya başladı:

"Aman, hanımcığım, evinizi önüme çıkan herkese sordum, sonunda bulabildim."

Uzun uzun iç geçirdi.

"Hayır, küçük meleğim ölemez. Buna sakın müsaade etmeyin, hanımcığım. Benden aldığı şarkı sözlerini size getiriyordu, değil mi?"

Glória cevap vermekte zorlanıyordu.

"Sakın müsaade etmeyin hanımcığım, bu yavrucuk ölmesin. Başına bir şey gelirse bu lanet mahalleye bir daha adım atmam."

Odaya girince yatağımın yanına oturdu ve elimi yüzüne sürdü.

"Bak, Zezé. Bir an önce iyileşip benimle şarkı söylemen lazım. Hiç satış yapamaz oldum. Herkes soruyor. 'Hey, Ariovaldo, küçük kanaryan nerede?' diyorlar. Sapasağlam olacağına söz ver, tamam mı?"

Gözlerimin halen dolacak gücü vardı ve daha fazla duygulanmamı istemeyen Glória, Ariovaldo Efendi'yi dışarı çıkardı.

* * *

İyileşmeye başladım. Artık tek tük bir şeyler yutabiliyor, kusmadan durabiliyordum. Fakat olanları her hatırladığımda ateşim yükseliyor, kusmayla beraber titremeler ve soğuk ter dökmeler de geri geliyordu. Mangaratiba'nın uçarcasına gelip onu ezdiği ânın gözümün önünden gitmediği zamanlar oluyordu. Hiç acı çekmemiş olması için Bebek İsa'ya yakarsam da bana kulak astığından pek emin değildim.

Glória gelip başımı okşuyordu.

"Ağlama, Gum. Hepsi geçecek. İstersen mango ağacımı sana verebilirim. Ona kimseler el süremez."

Dişleri dökülmüş, artık meyve bile veremeyen yaşlı bir mango ağacı neyime yarardı ki? Hem benim şeker portakalı fidanım bile çok yakında büyüsünü kaybedecek ve diğerlerinden farksız bir ağaca dönüşecekti... Belki zavallıya o kadar vakit bile tanımayacaklardı.

Kimi insanların ölmesi ne kolaydı. Lanet bir trenin gelmesi yetiyordu. Benimse gökyüzüne gitmem ne kadar zordu. Gitmeyeyim diye herkes bacaklarıma yapışmıştı.

Glória'nın iyi yürekliliği ve fedakârlığı sayesinde azıcık konuşmayı başardım. Babam akşamları evden çıkmayı bile bırakmıştı. Totoca vicdan azabından öyle zayıflamıştı ki Jandira'dan azar yedi:

"Bir tane yetmedi mi, Antônio?"

"Neler hissettiğimi bilmiyorsun. Ona anlatan bendim. İçime oturdu, uyurken bile yüzü gözümün önünden gitmiyor, ağladıkça daha fazla ağlıyor..."

"Sakın sen de ağlayayım deme. Kazık kadar oldun,

zaten kardeşin ölmeyecek. Şimdi bunları bırak, bir koşu Sefalet ve Açlık'a gidip bana bir teneke süt reçeli getir."

"O zaman parasını vermelisin, çünkü artık babama veresiye yok..."

Halsizliğim arttıkça sürekli uyuklar olmuştum. Gecem gündüzüm şaşmıştı. Ateşim düştükçe titreme nöbetlerimin sıklığı da azalmıştı.

Gözlerimi açtığımda, loşluğun arasında Glória'yı seçebiliyordum, yanımdan bir an olsun ayrılmıyordu. Sallanan sandalyeyi odama getirmişti ve sıklıkla yorgunluktan uyuyakalıyordu.

"Godóia, akşam oldu mu?"

"Biraz daha var, canım."

"Perdeyi açabilir misin?"

"Başın ağrımaz mı?"

"Sanırım ağrımayacak."

İçerisi ışıkla doldu, gökyüzünün güzelim bir parçası göründü. Gökyüzüne bakınca yine ağlamaya başladım.

"N'oldu, Zezé? Baksana gökyüzü ne güzel, masmavi, Bebek İsa senin için yapmış. Bugün bana kendisi söyledi..."

Gökyüzünün benim için ne anlama geldiğini bilmiyordu.

Bana sokuluyor, ellerimi ellerine alıyor ve avutmak için konuşup duruyordu. Yüzü çökmüş ve zayıflamıştı.

"Bak, Zezé, yakında iyileşeceksin. Uçurtmalar uçuracaksın, bir yığın misketin olacak, ağaçlara tırmanacaksın, Minguinho'ya bineceksin. Yine o her zamanki şarkılar söyleyen, bana şarkı sözleri getiren, bir sürü güzel şey yapan halini görmek istiyorum. Sokağın nasıl da neşesi kaçtı, gördün mü? Herkes senin getirdiğin canlılığı ve mutluluğu özledi... Ama sen de yardım etmelisin. Yaşamalı, yaşamalı ve yaşamalısın."

"Biliyor musun, Godóia, artık istemiyorum. İyileşirsem yine kötü bir çocuk olacağım. Sen anlamıyorsun. Artık uslu durmamı gerektirecek kimse kalmadı."

"Zaten o kadar uslu durmana da gerek yok. Her zamanki gibi bir çocuk ol, küçük bir çocuk."

"Niye öyle olayım ki, Godóia? Herkesten bir sürü dayak yemek için mi?.."

Yüzümü elleri arasına alıp kararlı bir sesle konuştu:

"Bak, Gum. Sana bir konuda yemin edeceğim: Hele bir iyileş, bir daha kimse ama hiç kimse sana el kaldıramayacak, Tanrı bile. Kaldırmak isteyen önce benim cesedimi çiğnemek zorunda kalacak. Bana inanıyor musun?"

Olumlu anlamda hımladım.

"Ceset ne demek?"

Glória'nın yüzü ilk kez büyük bir sevinçle aydınlandı. Bir kahkaha attı, çünkü zor kelimelere ilgi göstermeye başlamamın, yine hayata tutunmak istediğim anlamına geldiğini biliyordu.

"Ceset ölüyle ya da merhumla aynı anlama gelir. Ama şimdi bundan bahsetmeyelim, uygun kaçmaz."

Bence de öyleydi, ama Portuga'nın günler önce cesede dönüşmüş olduğunu düşünmeden edemiyordum. Glória konuşmayı sürdürse, vaatlerde bulunsa da benim aklım artık iki küçük kuşta, mavigerdan ile küçük kanaryadaydı. Acaba onlara ne olacaktı? Belki de üzüntüden ölürlerdi, Ateş Saçlı Orlando'nun kırmızı isketesine öyle olmuştu. Belki de birileri kafeslerinin kapısını açıp onları özgür bırakırdı. Oysa bu onları öldürmeye eşdeğerdi. Uçmayı çoktan unutmuş olmalıydılar. Portakal ağacının dibinde sersemce dikilecek, sonunda da çocukların taş yağmuruna tutulacaklardı. Zico, kızıl tanager kümesinin masraflarını karşılayamaz hale gelince kapıları açmış ve ortalık katliam yerine dönmüştü. Kuşların hiçbiri çocukların attığı taşlardan kurtulamamıştı...

Evde her şey olağan düzenine dönüyordu. Yine her yandan gürültüler yükselmekteydi. Annem yine işe gitmeye başlamıştı. Sallanan sandalye her zaman mesken tuttuğu salona dönmüştü. Yerinden ayrılmayan bir tek Glória vardı. Ayaklandığımı görmeden yanı başımdan ayrılmayacaktı.

"Şu çorbayı iç, Gum. Jandira karatavuğu sırf sana bu çorbayı yapabilmek için kesti. Bak mis gibi kokuyor."

Ardından soğusun diye kaşığı üflüyordu.

İstersen sen de benim gibi yap, ekmeğini kahveye ban. Ama yerken ağzını şapırdatma. Ayıp.

"Hayda, n'oluyor, Gum? Sakın karatavuğu kestik diye ağlamaya başlama. Zaten yaşlıydı. Öyle yaşlanmıştı ki artık hiç yumurtlamıyordu..."

Sonunda nerede oturduğumu keşfetmeyi başarmışsın.

"Biliyorum, o sizin gözünüzde hayvanat bahçesinin kara panteriydi, ama sonradan çok daha vahşi başka bir kara panter alırız."

Anlat bakalım, kaçak. Neredeydin bunca zamandır?

"Godóia, şimdi istemem. İçersem kusmaya başlayacağım."

"Daha sonra getirirsem içecek misin?"

Kendimi tutamadım, sözcükler dudaklarımdan döküliverdi:

"Söz veriyorum, uslu duracağım, bir daha hiç kavga etmeyeceğim, küfretmeyeceğim, kıç bile demeyeceğim. Tek istediğim hep senin yanında kalmak..."

Bana acıyarak baktılar, çünkü yine Minguinho'yla konuştuğumu sanıyorlardı...

* * *

Başta penceredeki hafif bir sürtünmeden ibaretti, ama çok geçmeden tıklamalara dönüştü. Dışarıdan yumuşacık bir ses geliyordu:

"Zezé..."

Kalkıp başımı pencerenin ahşabına dayadım.

"Kim o?"

"Benim. Aç."

Glória'yı uyandırmamak için sürgüyü hiç ses çıkarmadan çektim. Karanlığın ortasında, bir mucize gibi, Minguinho'nun "süsleri" parıldıyordu.

"İçeri girebilir miyim?"

"Girebilirsin girmesine. Ama ses çıkarma, yoksa Glória uyanabilir."

"Uyanmayacağına emin olabilirsin."

Bir sıçrayışta odaya girdi ve ben yatağıma döndüm.

"Bak sana kimi getirdim. O da ısrarla ziyaretine gelmek istedi."

Kolunu ileri uzatınca gümüş rengi kuşa benzer bir şey gördüm.

"İyi göremiyorum, Minguinho."

"Dikkat edersen bir sürprizle karşılaşacaksın. Onu tepeden tırnağa gümüş rengi tüylerle kapladım. Güzel olmamış mı?"

"Luciano! Ne kadar da yakışmış! Hep böyle olmalısın. Ben de seni hani şu leylek halife masalındaki şahin zannetmiştim."

Duygulanarak başını okşadım ve yumuşacık olduğunu ilk kez hissettim, demek yarasa bile şefkatten hoşlanıyordu.

"Gözünden kaçan bir şey var. Dikkatli bak," dedi Minguinho.

Daha iyi göreyim diye kendi etrafında döndü.

"Üstümdekiler Tommiks'in mahmuzları. Ken Maynard'ın şapkası. Fred Thompson'un iki tabancası. Richard Talmadge'in mermi kemeri ve çizmeleri. Üstüne bir de Ariovaldo Efendi bana kareli gömleğini ödünç verdi, hani senin bayıldığın."

"Hayatımda daha güzel bir şey görmedim, Minguinho. Bütün bunları bir araya getirmeyi nasıl başardın?"

"Senin hasta olduğunu duyar duymaz bana ödünç verdiler."

"Keşke hep böyle giyinip kuşanabilsen."

Gözlerimi kaygıyla Minguinho'ya dikerek kendisini bekleyen kaderden haberdar olup olmadığını düşündüm. Ama hiçbir şey söylemedim.

Derken yatağımın kenarına oturdu, kocaman açtığı gözlerinden hem tatlılık okunuyordu hem de tasa. Yüzünü gözlerime yaklaştırdı.

"Ne oldu, Xururuca?" dedi.

"İyi de Xururuca sensin, Minguinho."

"Pekâlâ, o zaman sen de küçük Xururuca'sın. Senin benim için kullandığın şefkat dolu sözcükleri ben de senin için kullanamaz mıyım?"

"Böyle şeyler söyleme. Doktor duygulanmamı ve ağlamamı yasakladı."

"Bunu ben de istemem. Buraya geldim, çünkü hem çok özlemiştim hem de seni yeniden iyi ve mutlu görmek istiyorum. Hayatta her şey geçici. İşte bu yüzden seni gezmeye çıkarmaya geldim ki beraber bir sürü yerden geçelim. Hazır mısın?"

"Ben çok halsizim."

"Biraz açık havaya çıkarsan iyi gelir. Pencereden atlamana yardım ederim."

Böylece dışarı çıktık.

"Nereye gidiyoruz?"

"Kanalizasyonun orada gezelim."

"Ama ben Barão de Capanema Sokağı'ndan geçmek istemiyorum. Oraya bir daha asla adım atmayacağım."

"O zaman Açudes Sokağı'ndan gideriz."

Bu esnada Minguinho uçan bir ata dönüşmüştü. Omzuma tüneyen Luciano ise halinden memnundu.

Kanalizasyonun oraya gelince Minguinho koca boruların üstünde dengemi kaybetmeyeyim diye elimden tuttu. Borulardaki küçük deliklerden fışkıran sularla pek eğleniyorduk, sular üstümüzü ıslatıyor ve tabanlarımızı gıdıklıyordu. Biraz başım dönse de Minguinho'yla beraber olmaktan öyle büyük bir mutluluk duyuyordum ki iyileşmişim gibi hissediyordum. En azından yüreğim biraz hafiflemişti.

Ansızın uzaklardan bir düdük duyuldu.

"Duydun mu, Minguinho?"

"Bir trenin düdüğü, uzaktan geliyor."

Ama tuhaf bir gürültü daha yaklaşmaktaydı ve ıssızlığı yaran başka düdükler duyuldu.

Dehşete kapılmıştım.

"Bu o, Minguinho! Mangaratiba! Katil!"

Raylara sürten tekerleklerin gürültüsü korkutucu derecede artmaktaydı.

"Yanıma çık, Minguinho! Çabuk ol, Minguinho!"

Minguinho ayağındaki parlak mahmuzlar yüzünden boruların üstünde dengesini bulmakta zorlanıyordu.

"Çık, Minguinho, bana elini ver! Seni öldürmek istiyor! Seni öldürmek istiyor! Seni ezmek istiyor! Seni paramparça etmek istiyor!"

Tam Minguinho boruya tırmandığı anda lanet tren düdüğünü öttürerek ve dumanını tüttürerek dibimizden geçti.

"Katil! Katil!"

Tren raylardan hızla geçmeyi sürdürüyordu. Bize kadar gelen sesi kahkahalarla kesiliyordu:

"Suç benim değil... Benim suçum yoktu... Suç benim değil... Benim suçum yoktu..."

Evin bütün ışıkları yandı ve uykulu yüzler odama akın etti.

"Kâbus görüyordun."

Annem beni kollarına alıp göğsüne bastırmış, hıçkırıklarımı yatıştırmaya çalışıyordu.

"Rüya görüyordun, yavrum... Bir kâbustu."

Glória olanları Lalá'ya anlattığı sırada yine kusmaya başladım.

"Uyandığımda katil diye bağırıyordu. Öldürmekten, ezmekten, paramparça etmekten bahsediyordu... Tanrım, bütün bunlar ne zaman son bulacak?"

* * *

Ama birkaç gün sona hepsi son buldu. Yaşamaya, yaşamımı sürdürmeye mahkûm edilmiştim. Bir sabah Glória yüzü ışıldayarak odama girdi. Ben yatağımda oturmuş, içime sancılar veren bir hüznün pençesinde, hayatın akışını izlemekteydim.

"Bak, Zezé."

Avucunda küçücük beyaz bir çiçek vardı.

"Minguinho'nun ilk çiçeği. Yakında yetişkin bir portakal ağacına dönüşecek ve meyve vermeye başlayacak."

Küçük beyaz çiçeği parmaklarımın arasına alarak okşadım. Artık habire ağlayıp durmayacaktım. Minguinho bu çiçek aracılığıyla bana veda etmiş, hayal dünyamdan ayrılarak acılarla dolu gerçek dünyama geçmiş olmasına rağmen ağlamayacaktım.

"Şimdi birazcık lapa yiyelim ve dün yaptığın gibi evde birkaç tur atalım. Hemen geliyorum."

Tam o sırada Kral Luís yatağıma tırmandı. Artık yanıma gelmesine izin veriyorlardı. Oysa önceden etkileneceğini düşünerek yasaklamışlardı.

"Zezé!"

"N'oldu, küçük kralım benim?"

Aslında tek kral oydu. Ötekiler, yani karo, kupa, sinek ve maça kralları, iskambil oynayan parmakların kirlettiği resimlerden ibaretti. Öteki, yani Portuga ise asla gerçek bir kral olamayacaktı.

"Zezé, ben seni çok seviyorum."

"Ben de seni, canım kardeşim benim."

"Bugün benimle oynamak ister misin?"

"Bugün oynayabilirim. Ne yapmak istersin?"

"Hayvanat bahçesine gitmek istiyorum, sonra da Avrupa'ya. Sonra da Amazon Ormanları'na gitmek ve Minguinho'yla oynamak istiyorum."

"Çok yorulmazsam bütün bunları yaparız."

Kahvaltıdan sonra, Glória'nın memnun bakışları eşliğinde, kardeşimle el ele tutuşup bahçenin uzak ucuna yollandık. Glória peşimizden bakarken rahat bir nefes alıp kapının eşiğine yaslandı. Kümesin oraya gelmeden arkamı dönüp ona el salladım. Gözleri mutlulukla parıldıyordu. Aklım her nasılsa çoktan ermeye başladığından yüreğinden geçenleri tahmin edebiliyordum: Yine hayallerine döndü, şükürler olsun!

"Zezé..."

"Hı?"

"Kara panter nerede?"

Bir şeylere inanmaya hazır olmadıkça her şeye baştan başlamak zordu. İçimden olanları ona doğrudan anlatmak, "Sersem, kara panter asla var olmadı. O sadece yaşlı mı yaşlı kara bir tavuktu, geçen gün çorbasını içtim," demek geldi.

"Burada sadece iki dişi aslan kalmış, Luís. Kara panter yaz tatilinde Amazon Ormanları'na gitmiş."

En iyisi, hayallerini olabildiğince korumaktı. Küçük bir çocukken ben de böyle şeylere inanırdım.

Küçük kral gözlerini fal taşı gibi açtı.

"Şuradaki ormanlara mı?"

"Hiç korkma. Öyle uzaklara gitti ki dönüş yolunu bir daha asla bulamayacak."

Acıyla gülümsedim. Amazon Ormanları dediğimiz, dikenlerle kaplı yarım düzine aksi portakal ağacından ibaretti.

"Bak, Luís'ciğim," dedim, "Zezé çok halsiz, artık eve dönmeli. Yarın yine oynarız. Hem teleferikle oynarız hem de başka ne istersen onunla."

Sözümü dinledi ve beraber ağır adımlarla evin yolunu tuttuk. Henüz gerçeği tahmin edemeyecek kadar küçüktü. Ben derenin, yani Amazon Nehri'nin oraya gitmek istemiyordum. Minguinho'nun büyüsünü kaybettiğini görmek istemiyordum. Luís o küçük beyaz çiçeğin vedamız anlamına geldiğini bilmiyordu.

Sekizinci Bölüm

Yaşlı ağaçlar öyle çoklar ki

Haber kesinleştiğinde hava henüz kararmamıştı. Evimize ve ailemize yine bir huzur bulutu egemen olmuştu adeta.

Babam elimden tutup herkesin önünde beni kucağına oturttu. Başım dönmesin diye sallanan sandalyeyi yavaşça salladı.

"Her şey geçti, yavrum. Her şey. Bir gün sen de baba olacak ve bir erkeğin ömrü boyunca ne zorluklar atlattığını keşfedeceksin. Bazen her şey ters gidiyormuş gibi görünür, bitmek bilmez bir çaresizliğe kapılırız. Ama artık geçti. Baban Santo Aleixo Fabrikası'nda ustabaşı olarak iş buldu. Noel gecesinde ayakkabıların bir daha asla boş kalmayacak."

Bir an sustu. O da bu ânı ömrü boyunca asla unutmayacaktı.

"Sürüyle seyahate çıkacağız. Annenin artık çalışması gerekmeyecek, ablalarının da. Yerli madalyonu hâlâ sende mi?"

Ceplerimi karıştırıp madalyonu buldum.

"İşte, yeni bir saat satın alıp madalyonu ona taktıracağım. Bir gün senin olacak..."

Portuga, karborondum nedir, siz biliyor musunuz?

Babamsa kaptırmış, konuşmayı sürdürüyordu.

Sakallı suratı yanağıma sürtününce canım yanıyordu. Uzun zamandır yıkanmamış gömleğinden yükselen koku tüylerimi diken diken ediyordu. Dizlerinden aşağı kayıp mutfak kapısına yöneldim. Basamaklara oturdum ve bütün ışıklar solarken bahçeyi seyre daldım. Yüreğim öfkesiz bir isyana kapılmıştı. "Beni kucağına alan bu adamın istediği nedir? Babam değil ki. Benim babam öldü. Onu Mangaratiba öldürdü."

Babam peşimden gelmiş ve gözlerimin yine yaşlarla dolduğunu görmüştü.

Benimle konuşmak için neredeyse tamamen diz çöktü.

"Ağlama, evladım. Kocaman bir evimiz olacak. Arkasından gerçek bir nehir akacak. Bir tek sana ait kocaman bir sürü ağacın olacak. Salıncaklar yapıp kurabileceksin."

Anlamıyordu. Anlamıyordu. Dünyadaki hiçbir ağaç Kraliçe Carlota kadar güzel olamazdı.

"Ağaçları seçmeye ilk sen başlayacaksın."

Ayaklarına baktım, takunyalarının ucundan fırlayan ayak parmaklarına. Kara köklere sahip yaşlı bir ağaçtı o. Bir nevi baba-ağaç. Benim hemen hiç tanımadığım bir ağaç.

"Dahası var. Şeker portakalı fidanını hemen kesmeyecekler. Kestiklerindeyse uzaklarda olacaksın ve hiç hissetmeyeceksin."

Hıçkırıklara boğularak dizlerine sarıldım.

"Hepsi boşuna, baba... Hepsi boşuna..."

Tıpkı benimki gibi yaşlarla sırılsıklam olmuş yüzüne baktım ve bir ölü gibi fısıldadım:

"Kestiler bile baba, bir haftadan fazla oldu, şeker portakalı fidanımı kestiler."

Sonuncu Bölüm

Son itiraf

Seneler geçti, sevgili Manuel Valadares. Bugün kırk sekiz yaşındayım ve bazen kendimi hasrete öyle kaptırıyorum ki hâlâ çocuk olduğumu zannediyorum. Her an ortaya çıkıp bana sinema yıldızı kartları ya da misketler getireceksin sanki. Hayatın şefkatli yanını bana sen öğrettin, sevgili Portuga. Bugün çocuklara misketler ve kartlar dağıtmaya çalışan benim, çünkü şefkat olmayınca hayatın pek değeri kalmıyor. Şefkat göstermek beni bazen mutlu ediyor, bazense yanıltıyor, ki bu ikincisi daha sık oluyor.

O günlerde, yani beraber geçirdiğimiz günlerde, henüz hiç duymamıştım, uzun yıllar önce bir Budala Prens'in gözlerinde yaşlarla bir sunağın önünde diz çöküp ikonlara sorduğu şu soruyu:

"KÜÇÜCÜK ÇOCUKLARA HER ŞEYİ NEDEN ANLATMAK GEREK?"

Hakikaten de sevgili Portuga, bana her şeyi çok erken anlattılar.

Hoşça kal!

Ubatuba, 1967